滿是溫柔的土地上

アボガド6

ON THE EARTH
FULL OF KINDNESS

contents

日文版書籍設計—名和田耕平設計事務所
DTP—言語社

ブク
ブク
噗咕
ブク
ブク
噗咕
ブク
噗咕
ブク
ブク
ブク
噗咕

按
プシュ
噗咻
睜眼

拉起

緊
抱
太棒了！
實驗成功了！
第一話
死別

鏘鏘——！
哎呀
八津，怎麼啦？
奈奈！妳看妳看！我的複製人！
這樣啊，真是太好了。
很厲害對吧——！
是、是。
啊對了！
叮咚
抓
機會難得，大家一起拍張照吧！
我在工作。
哎呀哎呀，別計較那種小事啦！
Mother幫我們拍～
拉
88

咔嚓
哇—！
好像全家福照喔！
我和你沒有血緣關係，也沒有收養或婚姻關係，所以不是家——
你看——！
好
照片也拍完了，趕快回去工作。
好——！

大家～來吃午餐了喔——！
好—！
……
咔嗒
咔嗒
タッ
タッ
大家～我們來玩捉迷藏吧——！
好—！
好—！
好～！
又變多了……
咔嘰
咔嘰
大家～今天來念書吧～！
好—！
好—！
好—！
好—！
他到底打算複製幾個啊……
咔嗒
咔嗒
大家～來幫忙一下——！
好—！
好—！
好—！
好～！
好—！
有點吵。
叩—！

わい
哇
本尊！
我們把藥品搬到實驗室去了喔！
わい
謝謝你們！
わい
哇
わい
哇
那接下來可以去做自己喜歡的事情囉！
好──！
タッ
噠
タッ
噠
タッ
タッ
這個研究所也變得熱鬧了耶。
嗯，就是啊。
複製人成功前，這邊只有奈奈、Mother和恐怖的大人。
我一直都好寂寞。

但是現在啊，有種「大家庭！」的感覺，非常開心！
噠
真希望可以一直這麼幸福下去。
對吧！
轉
奈、
奈——
扭曲

パタン
碰
八……
八津！
ピーポーピーポー
喔伊喔伊
非常遺憾，現在還沒有找到這個疾病的治療方法……

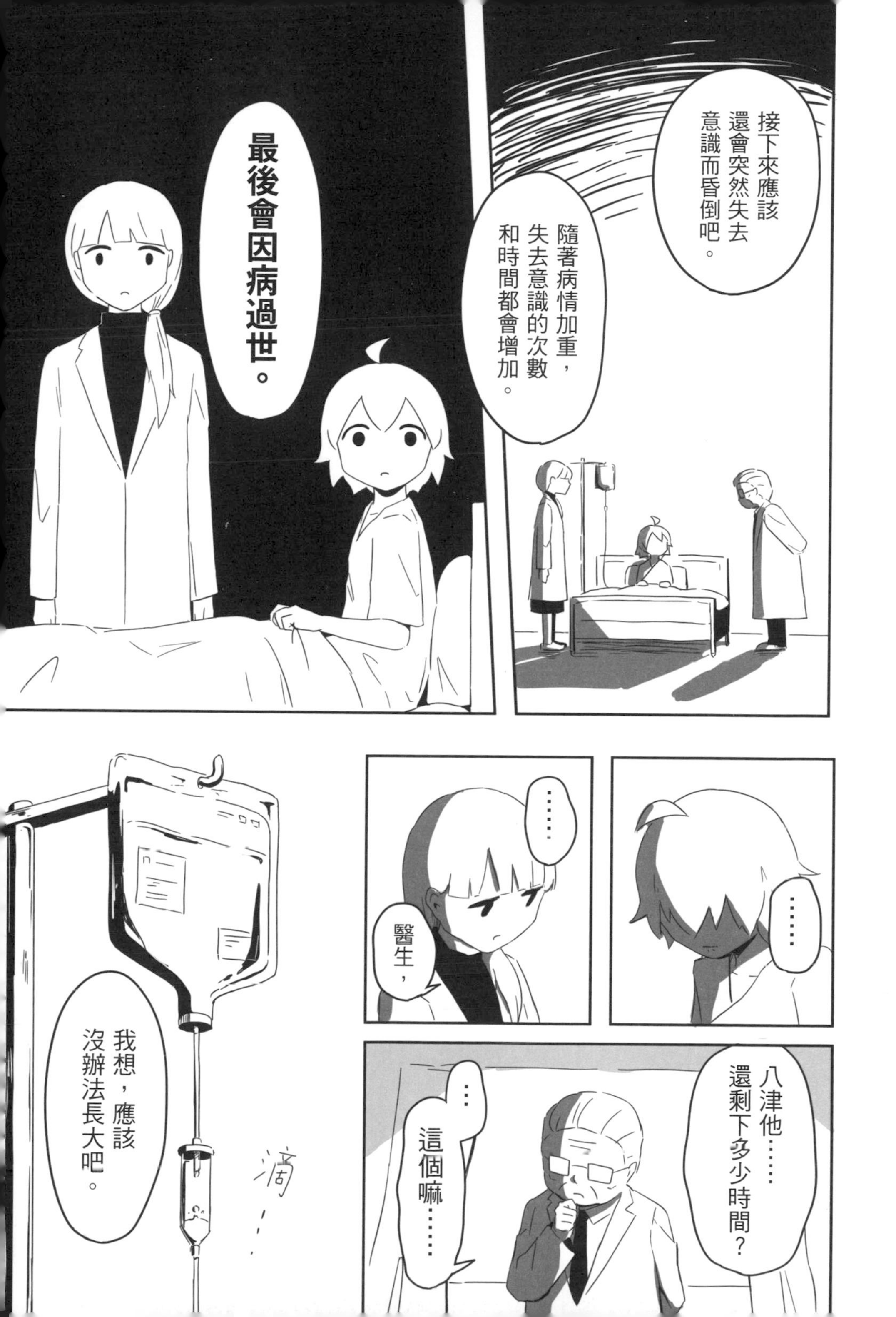
接下來應該還會突然失去意識而昏倒吧。
隨著病情加重，失去意識的次數和時間都會增加。
最後會因病過世。
……
醫生，
……
八津他……還剩下多少時間？
…
這個嘛……
我想，應該沒辦法長大吧。
滴！！

沒、
沒關係！
就算我死了，還有我的複製人們！
對吧！
所以一點也不會難過喔！
握
所以！今後也要和大家相親相愛喔！
你是獨一無二的。

我來治好你的病。
欸？要怎麼治……？
尋找治療方法。
哈哈哈…還沒找到我就死了。
所以，
我會把你冷凍起來，讓你進入冬眠狀態。
人體冷凍室

呆一愣
八津，你還好嗎？
欸
啊
嗯！
那個啊……
這說不定是最後一次和大家說話，
大家要保重喔！
大家要乖乖聽話唷！
大家不可以吵架喔！
大家要一起幫忙奈奈喔！
大家、
大家……
這些孩子沒問題的，
我和你不是最清楚的人嗎？
……
說得也是。

那，就相信我們，在未來等著吧。
嗯，謝謝……
那，晚安！
啪噹
嗶
冷凍中

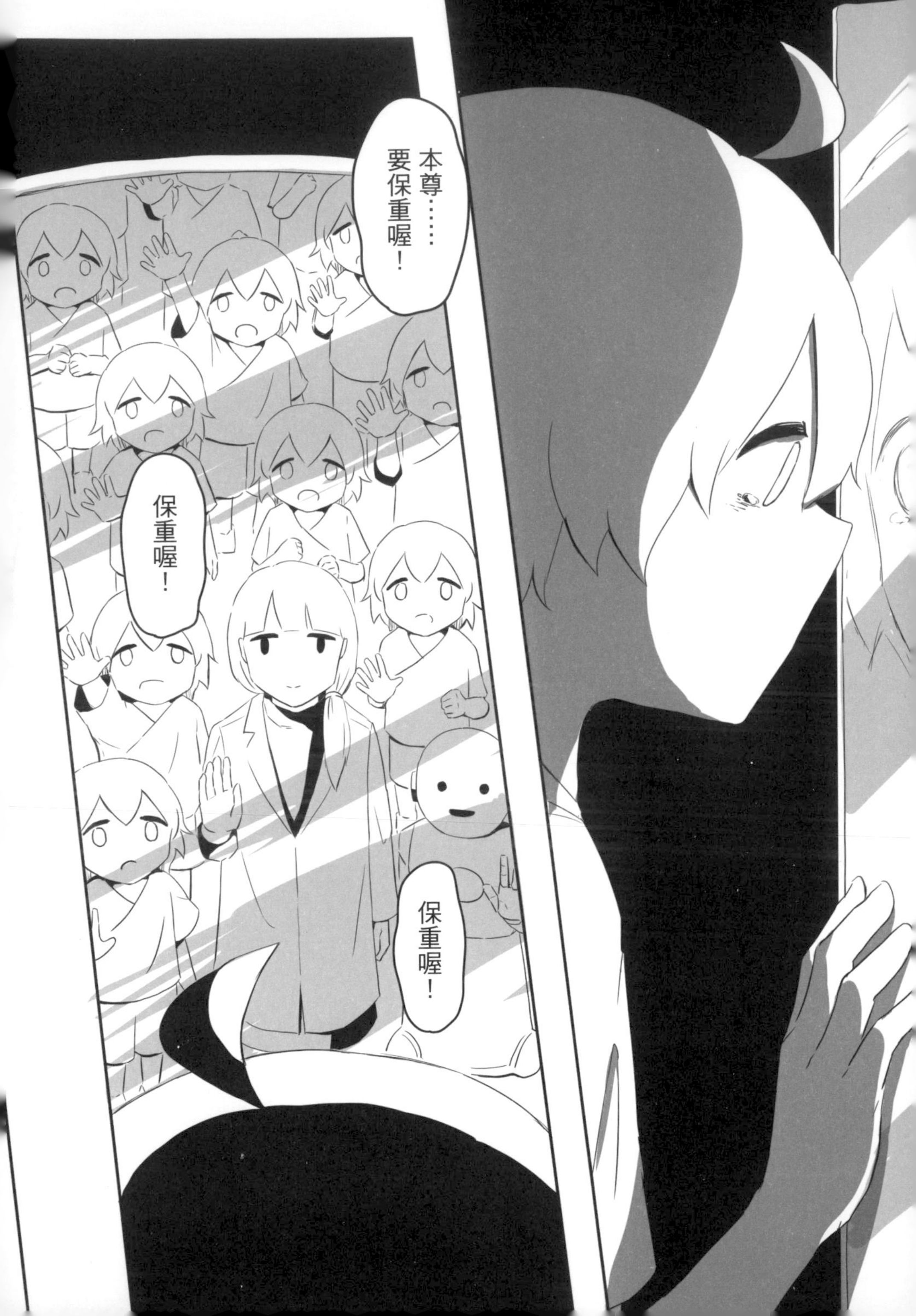
本尊……要保重喔！
保重喔！
保重喔！

保重喔！
保重喔！
保重喔！
保重喔！
保重喔！
保重喔
真想要快一點長大……

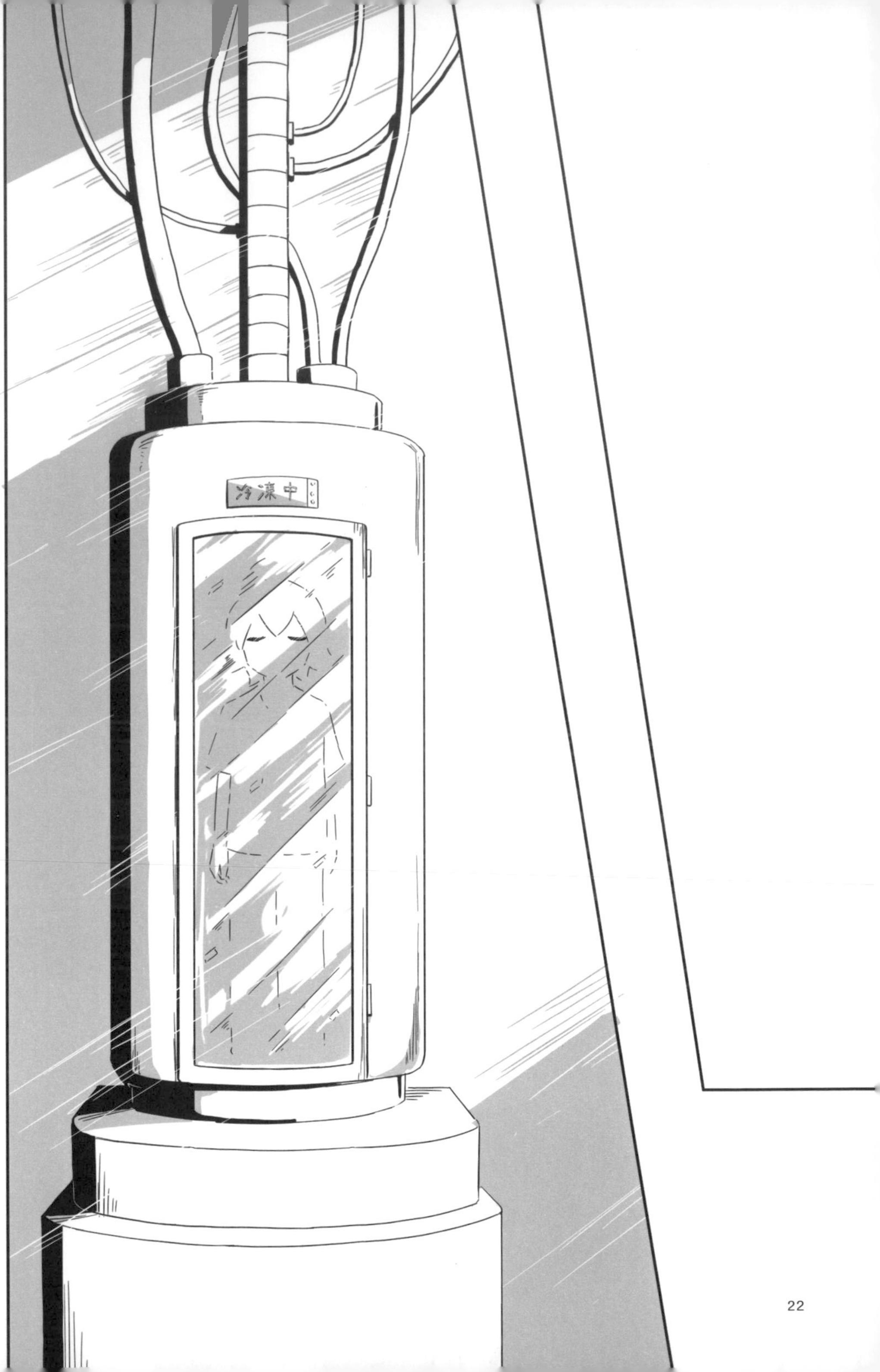
冷凍中

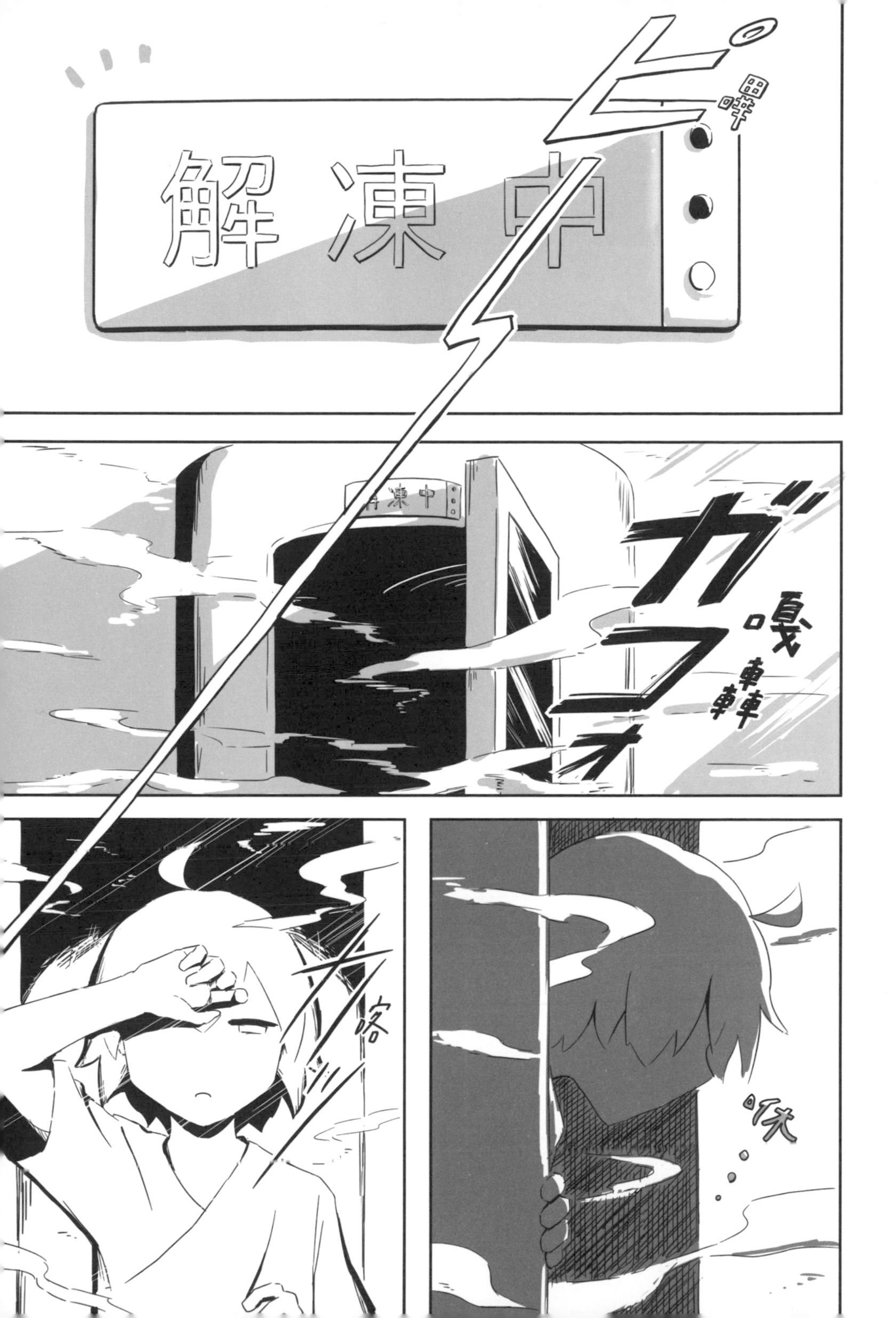
解凍中
ピ
嗶
ガコォ
嘎轟轟
喀
咻

奈、
奈……？
那麼，準備動手術吧。
プチ
彈指
Yes Sir～!
ガラ
ラ
喀啦啦
等、等一下啦！
喀啦
我才剛醒過來耶！
還沒作好心理準備——
ガラガラ
喀啦

嘩—
呀啊
嘎
咕咕咕咕咕
嘎嘎嘎嘎
手術中
咻伊伊伊伊伊伊
伊
噹
嗶嗶嗶嗶嗶嗶
滋
噗咻
八津，手術很成功。
你的病治好了。

抱住
話說回來，最初那批複製人呢？
……這個嘛……
果然已經死了嗎……？
對……人家都和你得了相同的病……
沒有冷凍嗎？
他們……
說不要，大家都在我身邊幫忙到最後一刻。
這樣啊……
噠

話說回來，這邊的天花板好高喔。
該怎樣才能到外面去啊？
我想要去外面呼吸新鮮空氣。
沒辦法出去。
欸，為什麼？
……
在你沉睡時發生了戰爭。

有個愚蠢的國家發射飛彈，
引爆大戰……
還有其他各種不同的特殊武器汙染了地球。
所以大家只能待在庇護所中生活。
好，差不多該回去了。
…

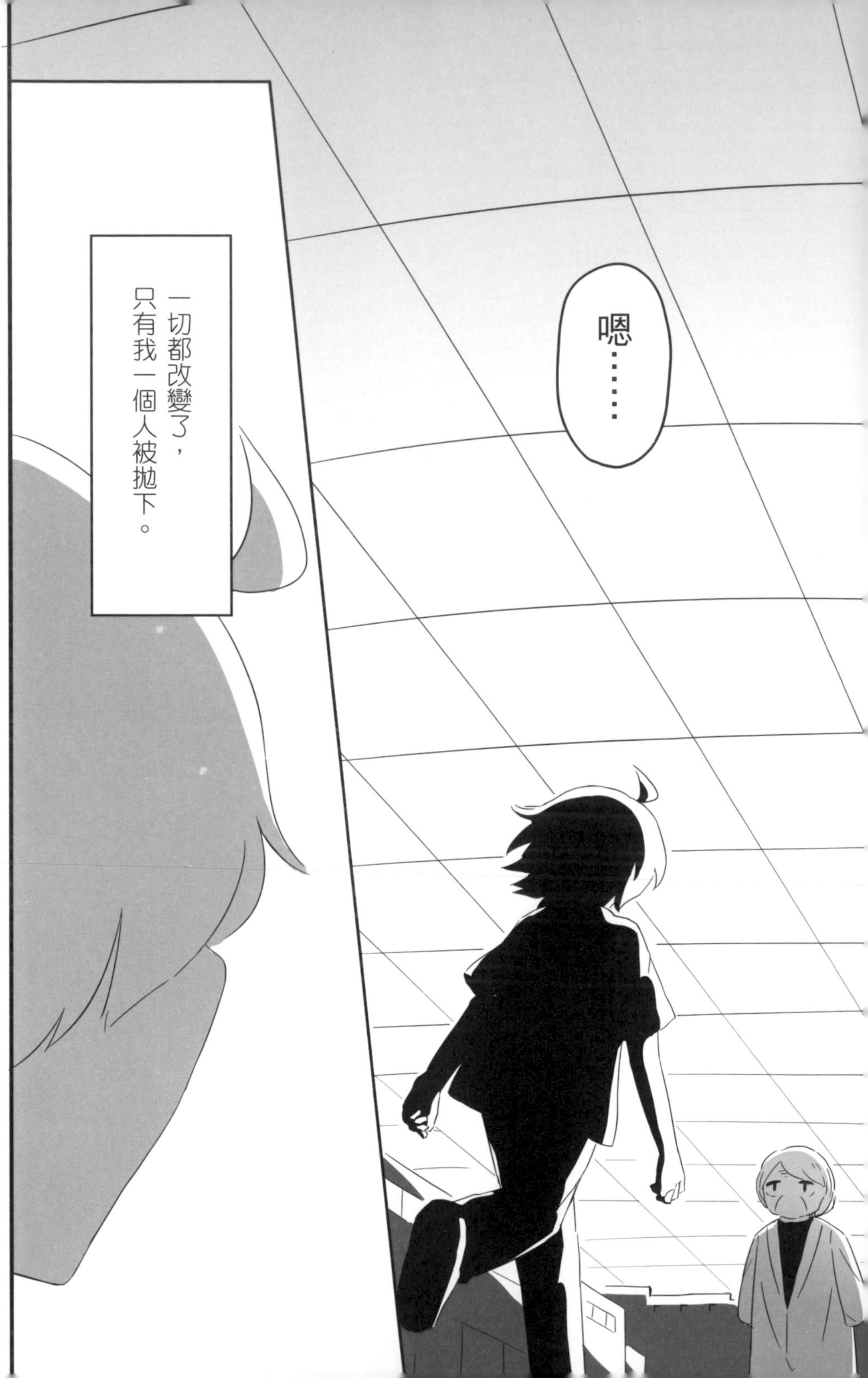
嗯……
一切都改變了，只有我一個人被拋下。

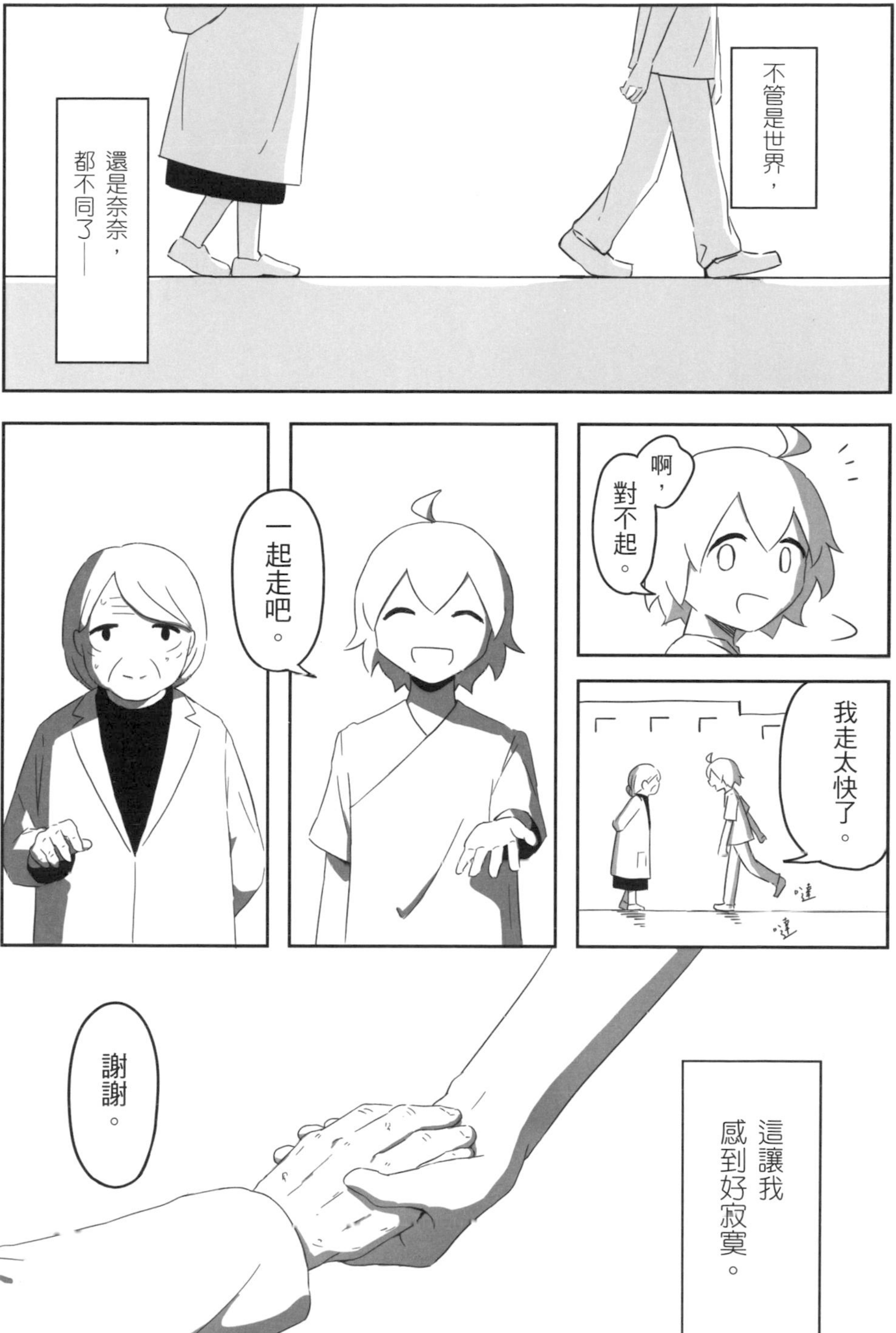
不管是世界，
還是奈奈，都不同了——
啊，對不起。
我走太快了。
噠
噠
一起走吧。
這讓我感到好寂寞。
謝謝。

奈奈，別再繼續了啦。
妳都已經是老奶奶了，不用那麼努力也沒有關係吧…？
一直工作對身體不好啦……
盯──……
我沒事。
與其擔心我，不如擔心你自己。
你的病才剛治好而已。
咔嗒咔嗒
奈奈治好我之後，仍不停做研究。
一直獨自努力……
握
對、對了！我們再一起拍全家福吧！
和我的複製人一起拍！

來！
這一次連Mother也一起——
Mother已經不在這了。
欸？
現在有很多人類害怕遭受人工智慧的侵略。
其中甚至有人攻擊搭載人工智慧的機器人。
連養大我們的Mother也不例外。
所以現在讓他到遠處去避難了。
是、是這樣啊……
我希望人類和機器人可以好好相處。
只要這個研究成功，讓地球變乾淨後，
大家對機器人的印象也會改變，一定能變成好朋友。
咔嗒
咔嗒

所以我絕對要完成才行。
不只是為了地球，
也為了人類和機器人的未來。
清掃地球汙染物的機器人。
奈奈一直在研發這個機器人。
Earth Cleaner
HANA
001

因為她相信，
這可以成為連結人類
和機器人的契機——
HANA
每日，
每夜——
咳咳
咳咳
奈奈！
妳還好嗎?!

對不起，都讓大家來幫我了，我卻沒辦法完成……
奈奈，妳不可以死……
呵呵……
臨終時有你們陪在身邊，
真的好像家人啊。
！
我的一生雖然發生了很多事，
但可以救活你真是太好了。
接下來的研究……
人類和機器人的未來，就交給你了。
……！

怎、怎麼這樣⋯⋯
咕嗚
奈奈⋯⋯
喂！本尊！
縮
我不要⋯⋯
嗚嗚
快點說沒問題，讓奈奈博士安心啊！
欸⋯⋯
就是說啊、就是說啊！
你睡覺的時候，奈奈博士可是一直努力著耶！
除了你，還有誰能繼承奈奈博士的遺志啊！

我也會幫忙做研究！
我也會！
我也會！
我也會！
！
大家……
微笑
奈奈，
別擔心。
緊握
剩下的就交給我吧。

……
謝謝你。
我真的好幸福。

閉眼
ピ
嗶
咕嗚

嗚
嗚嗚…
嗚咕…
嗚啊…
咕嗚…

唷，博士啊，狀況如何啊？
啊，這個……
機體已經完成了。
喀嚓喀嚓
接下來只要反復運作試驗，再把程式塞進
那你到汙染區域去吧。
什麼?!
程式到那邊也可以寫吧？
ガバッ
嚇
這太強人所難了！
就是因為人類去不了，才要用機器人——

大家都殷切期待著啊。
期待著地球的淨化！
期待著機器人的活躍！
探頭
還是說，
你的小孩變怎樣都無所謂嗎？
？
……！
我明白了……

我去。
ブロロ
轟隆……
第二話
淨化

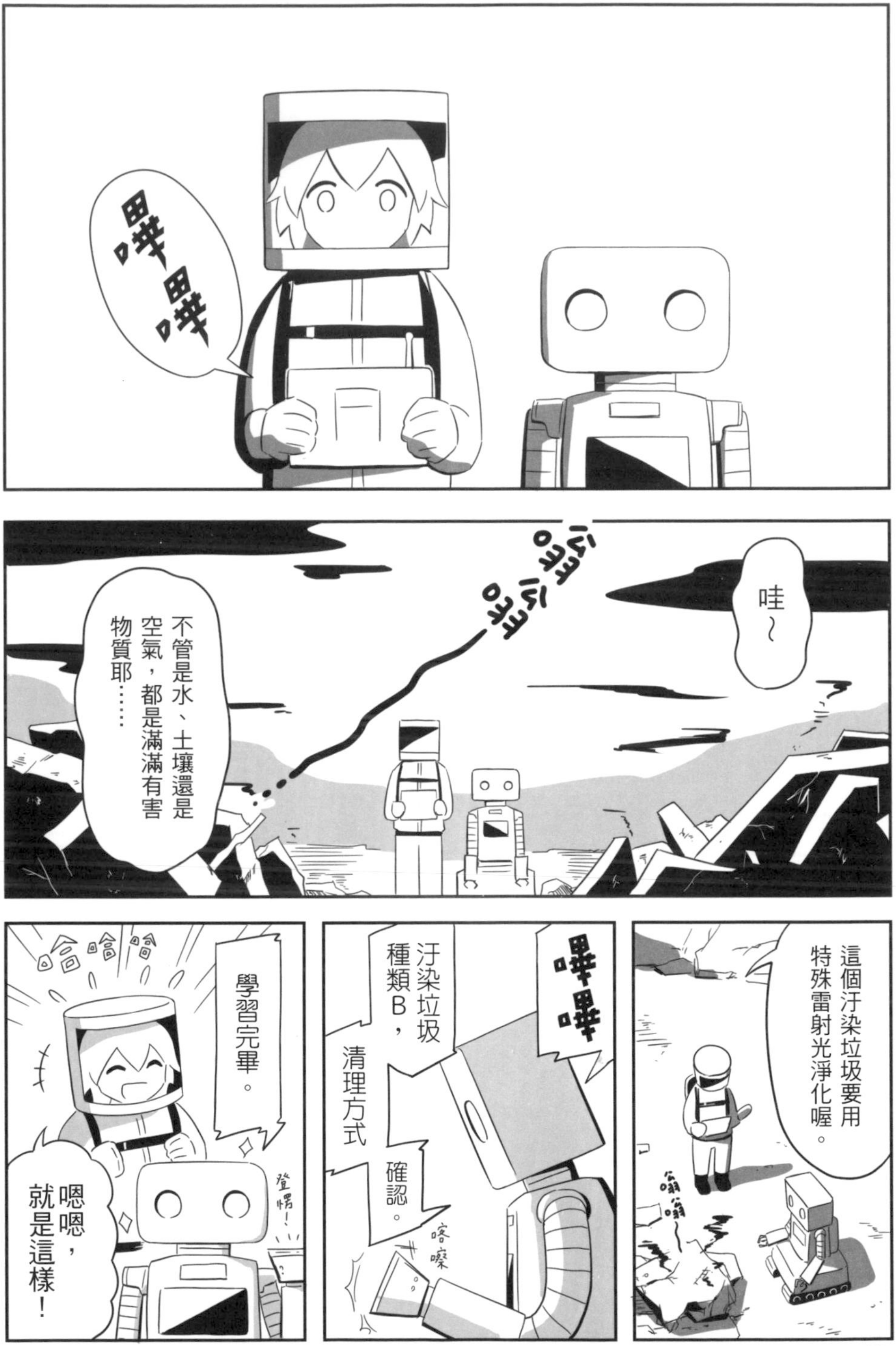
嗶嗶
哇～
不管是水、土壤還是空氣，都是滿滿有害物質耶……
這個汙染垃圾要用特殊雷射光淨化喔。
嗡嗡嗡～
嗶嗶
汙染垃圾種類B，
清理方式
確認。
喀嚓
學習完畢。
哈哈哈
嗯嗯，就是這樣！
登愣！

嗶——
其實啊，我想連清掃程式也建構得更完美後再來的——
嗶
地位高的人卻只會要我快一點。
真是的，只會出一張嘴。
但人工智慧和機體的機能很完美，所以我會努力教你的喔！
一起加油吧！
HANA！
Earth Cle
HANA
好的，博士。
Earth Cleaner
HANA
請您多多指教。

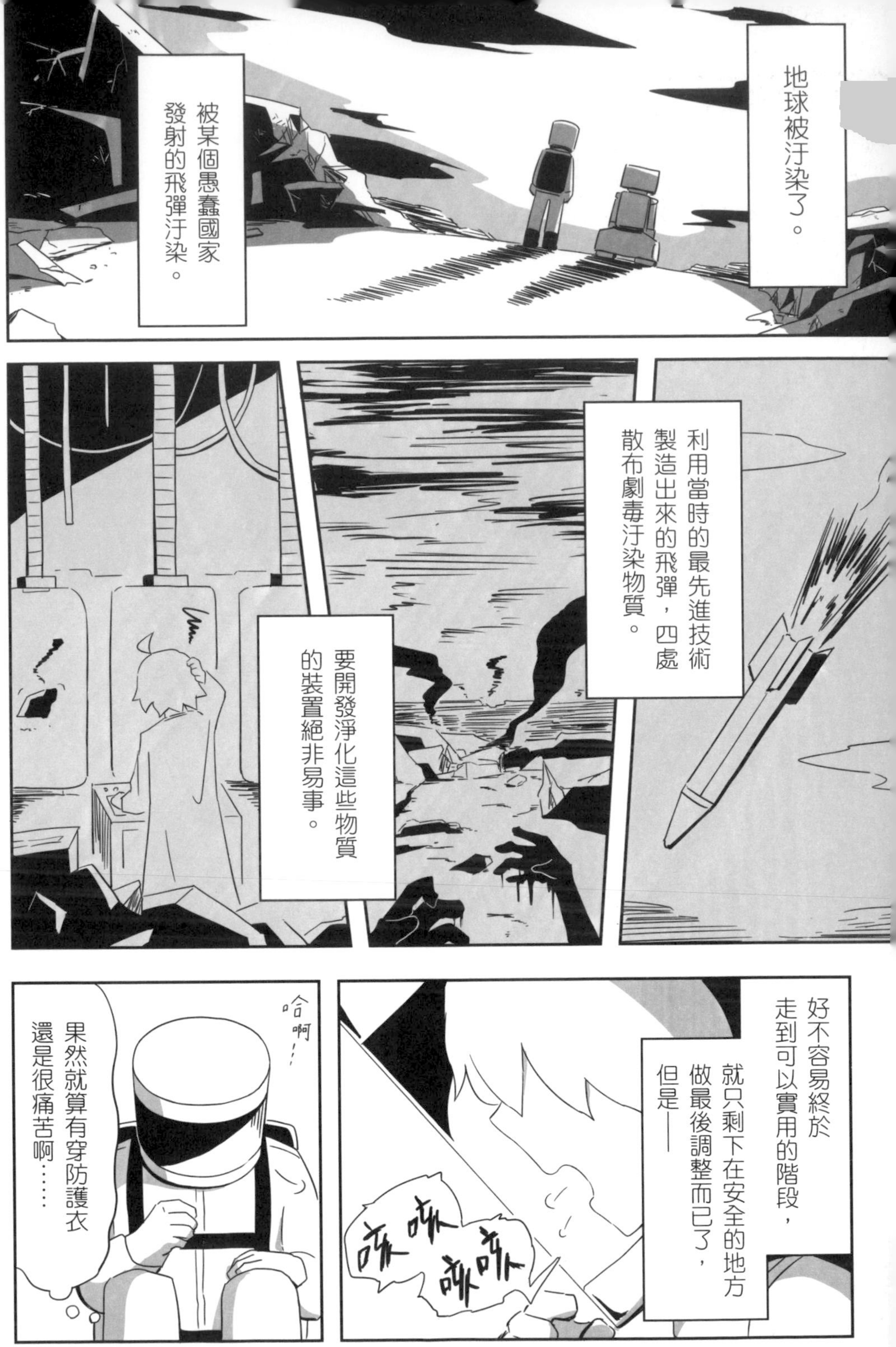

地球被汙染了。
被某個愚蠢國家發射的飛彈汙染。
利用當時的最先進技術製造出來的飛彈，四處散布劇毒汙染物質。
要開發淨化這些物質的裝置絕非易事。
好不容易終於走到可以實用的階段，
就只剩下在安全的地方做最後調整而已了，但是——
咳咳咳咳
哈啊！！
果然就算有穿防護衣還是很痛苦啊……

抽出
但是，就算勉強自己也得努力才行。
博士，
這個區域不適合人類活動。
HANA
博士也應該要立刻去避難。
……
咦？
咦……我有裝這種警告程式嗎？
哎
哎呀，
別計較那種小事啦！
收入
好，休息時間結束！
繼續打掃吧。
唰沙唰沙

嗚喔
!?
喔喔喔喔喔
嗶嗶
防禦系統啓動。
砰

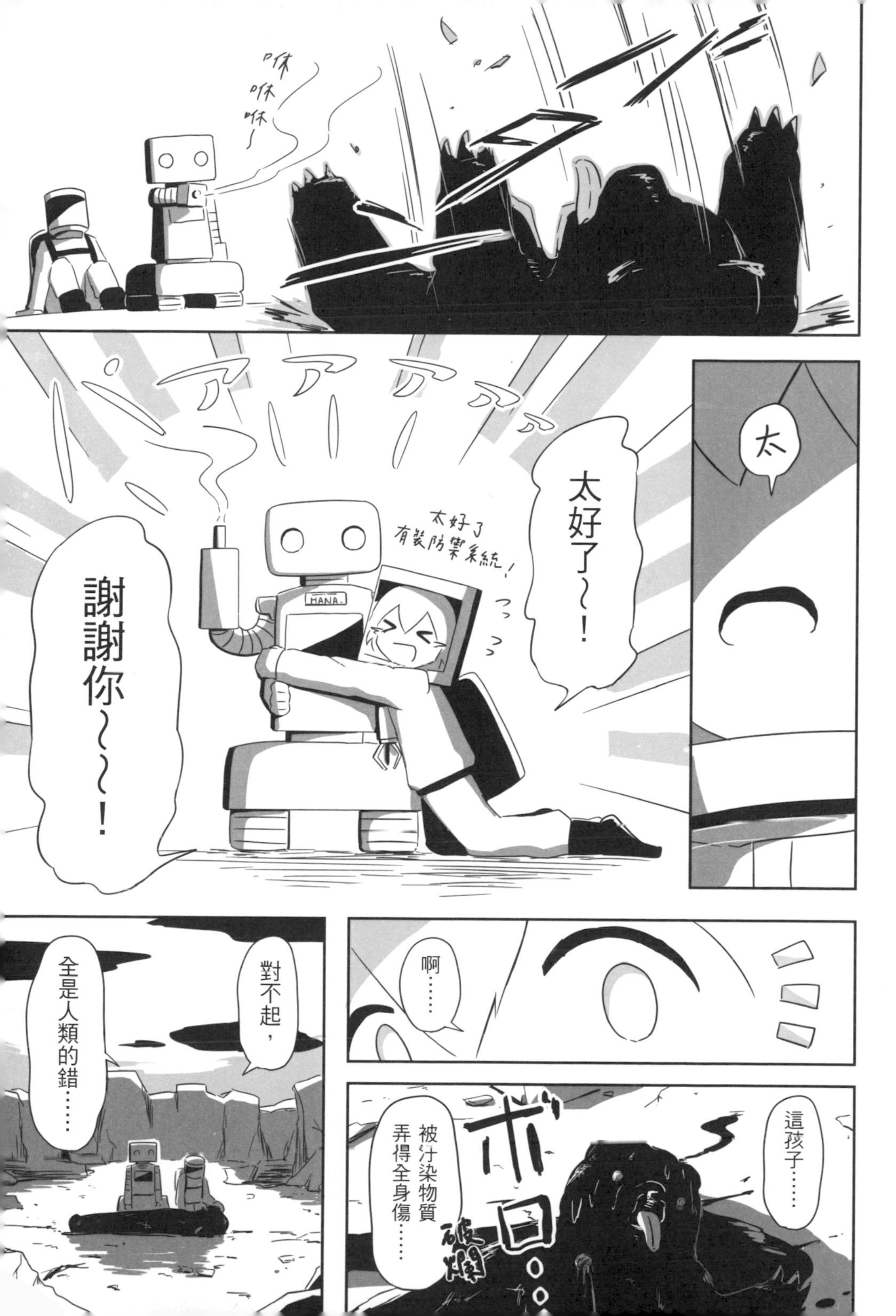
咻咻咻～
パアアアアア
太
太好了～！
太好了
有裝防禦系統！
謝謝你～～～！
HANA.
啊……
對不起，
全是人類的錯……
這孩子……
被汙染物質
弄得全身傷……
ボロ
破爛

滴……
博士，這是什麼？
這是墳墓。
墳墓，
埋葬遺體、遺骨的地點，或是為了紀念該地點而建造的建築物。
嗯，沒錯沒錯。
這孩子也是犧牲者中的一人，所以我想要好好弔祭牠。
嘿咻……
博士，
我推測這個生物是熊，所以應該用一隻而非一人來計算較恰當。

哈哈哈，
別計較那種小事啦。
……
HANA_
我們日日夜夜不斷清掃。
HANA的調整工作也相當辛苦，
搖晃…
搖晃…
而我的身體只是越來越痛苦。

咳咳咳咳
博士，
長時間待在汙染區域中，已經對您的健康造成傷害了。
我建議您回到庇護所去。
拍
我沒事！
要教你的事情只剩不多了，一起加油吧。
摸摸
摸摸
在這之中，HANA好幾次擔心我。
這理應不存在於程式中的關心，
讓我好開心。

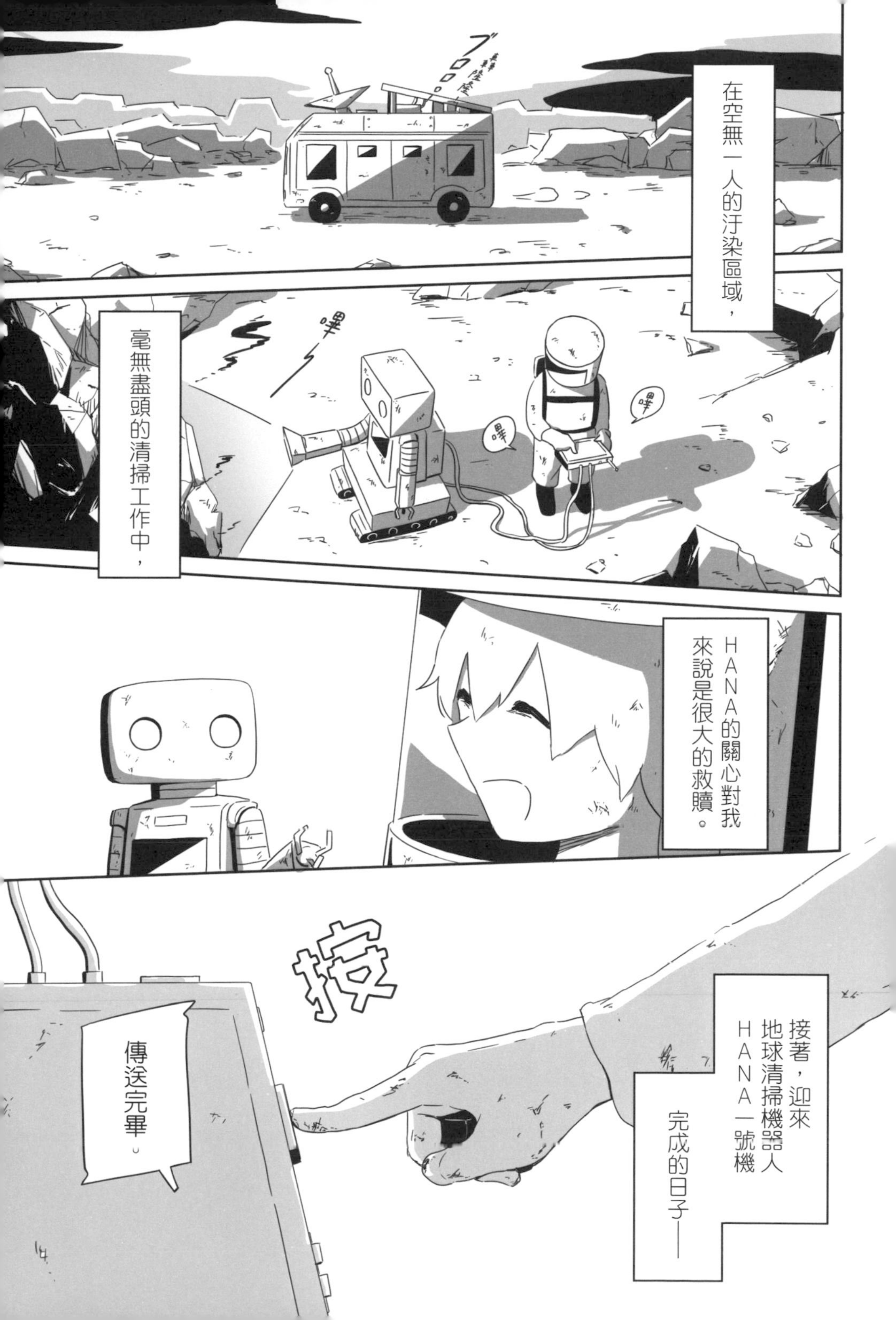
ブロロロ。
轟隆隆
在空無一人的汙染區域，
毫無盡頭的清掃工作中，
嗶
嗶
嗶
HANA的關心對我來說是很大的救贖。
接著，迎來地球清掃機器人HANA一號機
完成的日子——
按
傳送完畢。

太
ギュ
太好了——!
哈哈哈
パアアア
系統程式終於完成了——!
抱緊
我已經把資料送回研究所去了。
再過不久,就會有很多同伴來陪你!
博士,
恭喜您。

呼，終於結束了……
倒下
嘰咿咿咿
HANA，
你一個人也沒有問題了吧？

博士，
我是地球清掃機器人HANA一號機，所以應該用一台而非一人來計算較恰當。
哈哈……別計較那種小事啦。
好了，得快點去打掃才行。
拍
是，我今天要去打掃指定區域C-14。
路上小心。
嗯，

打開
唰沙
閉眼

博士，
指定區域C－14已清掃完畢。
ウィーン
嗡
噗咻ー

博士？

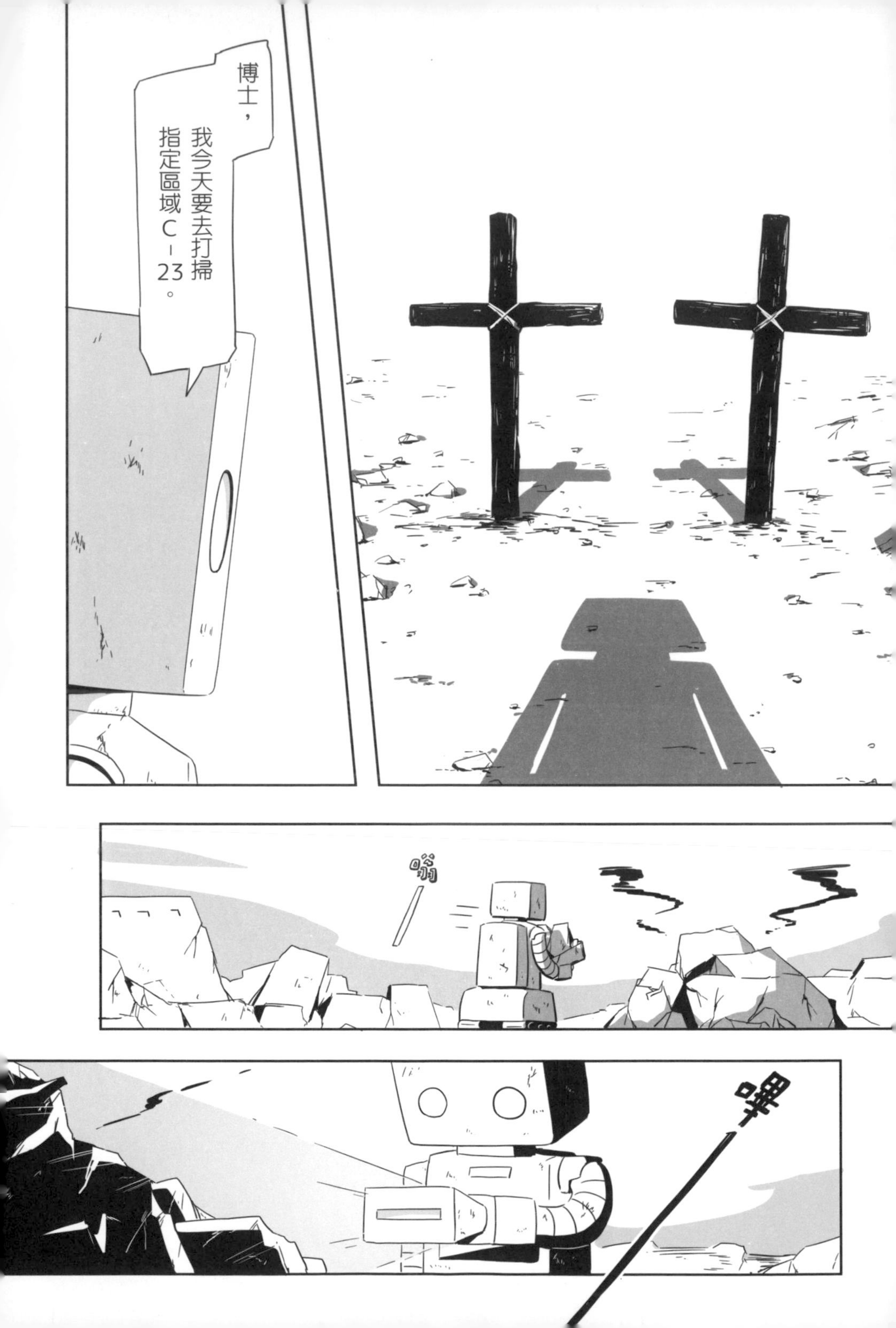
博士，我今天要去打掃指定區域C－23。
嗡
嗶

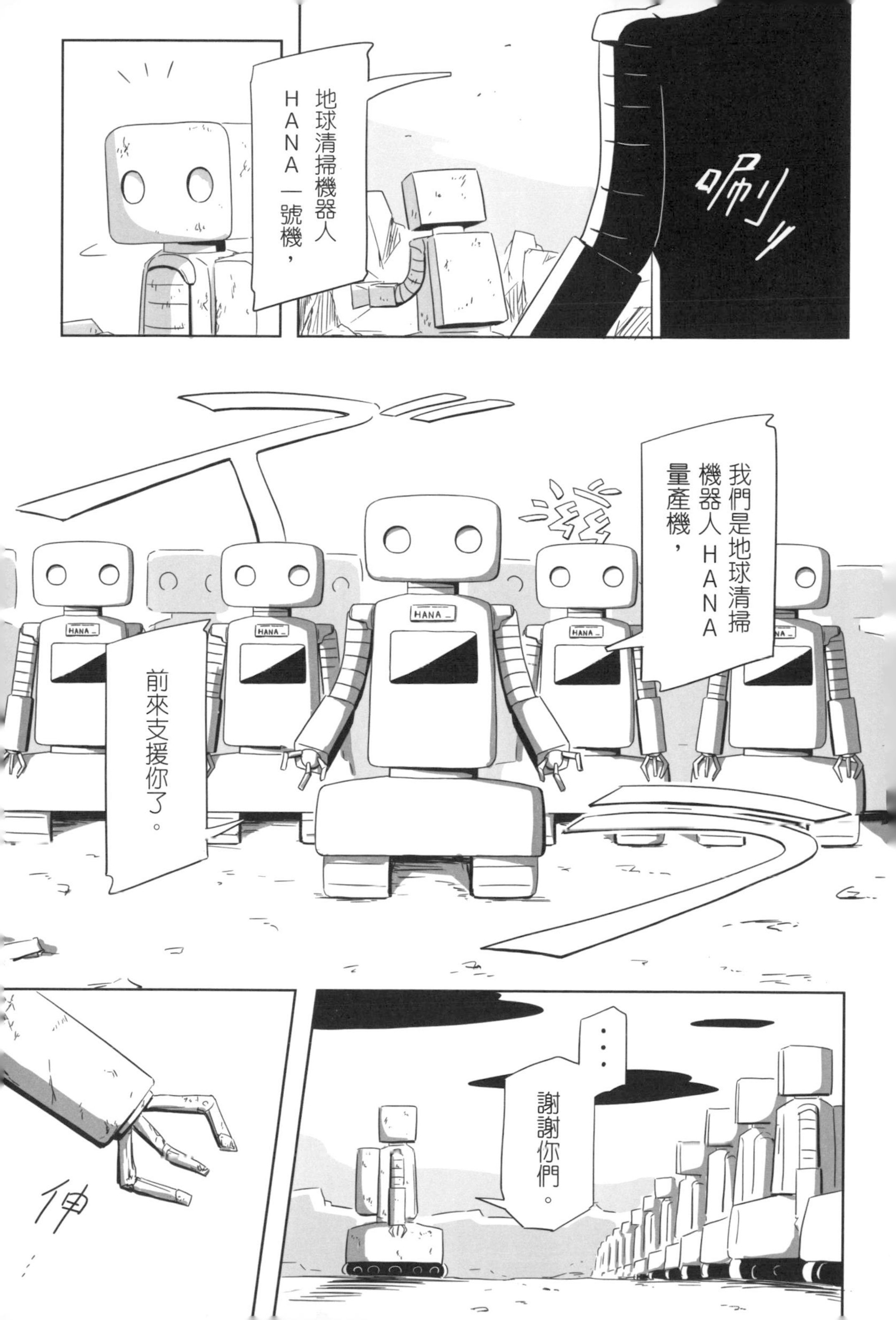
地球清掃機器人HANA一號機，
我們是地球清掃機器人HANA量產機，
前來支援你了。
……
謝謝你們。
伸

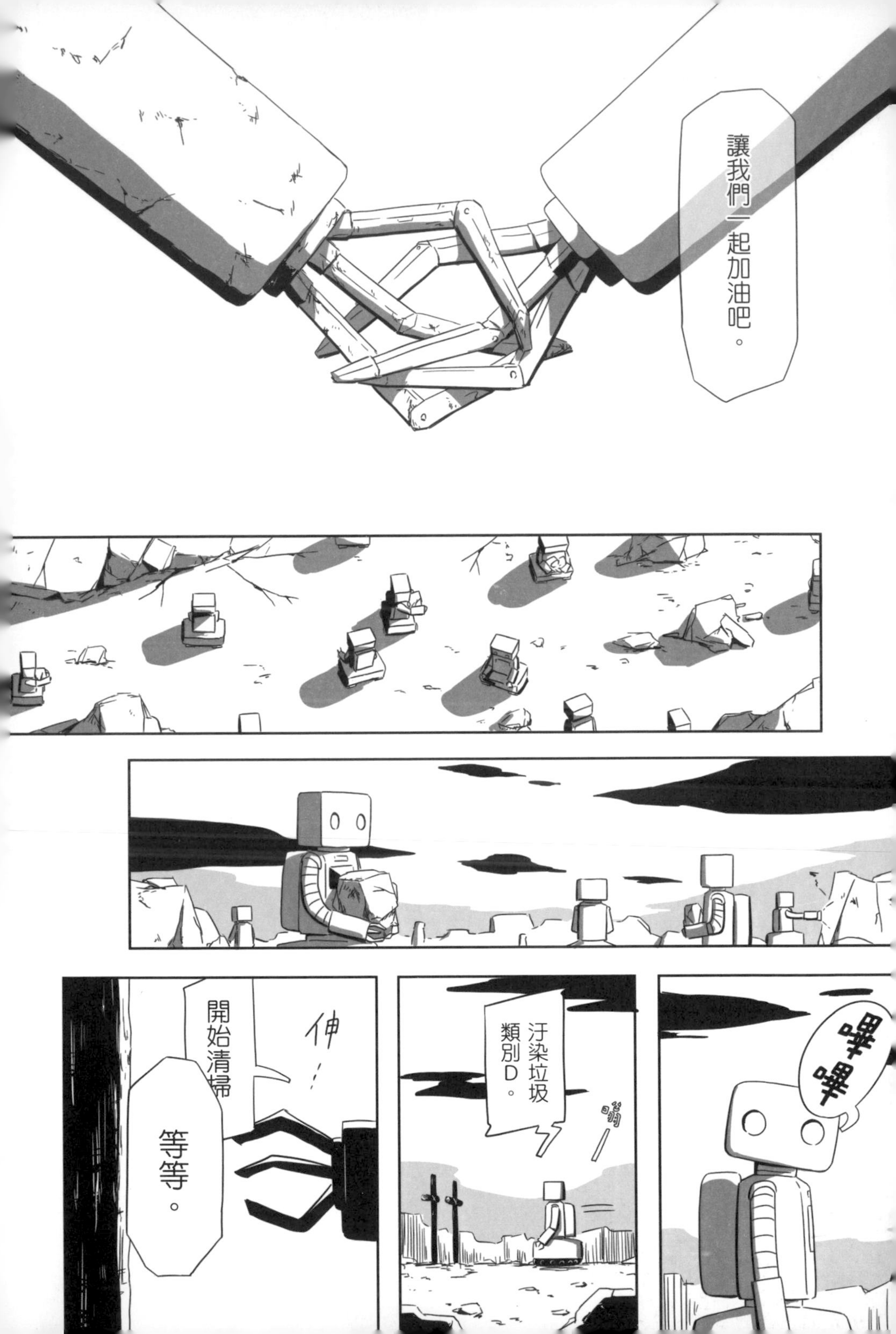
讓我們一起加油吧。
嗶嗶
汙染垃圾類別D。
開始清掃
伸！
等等。

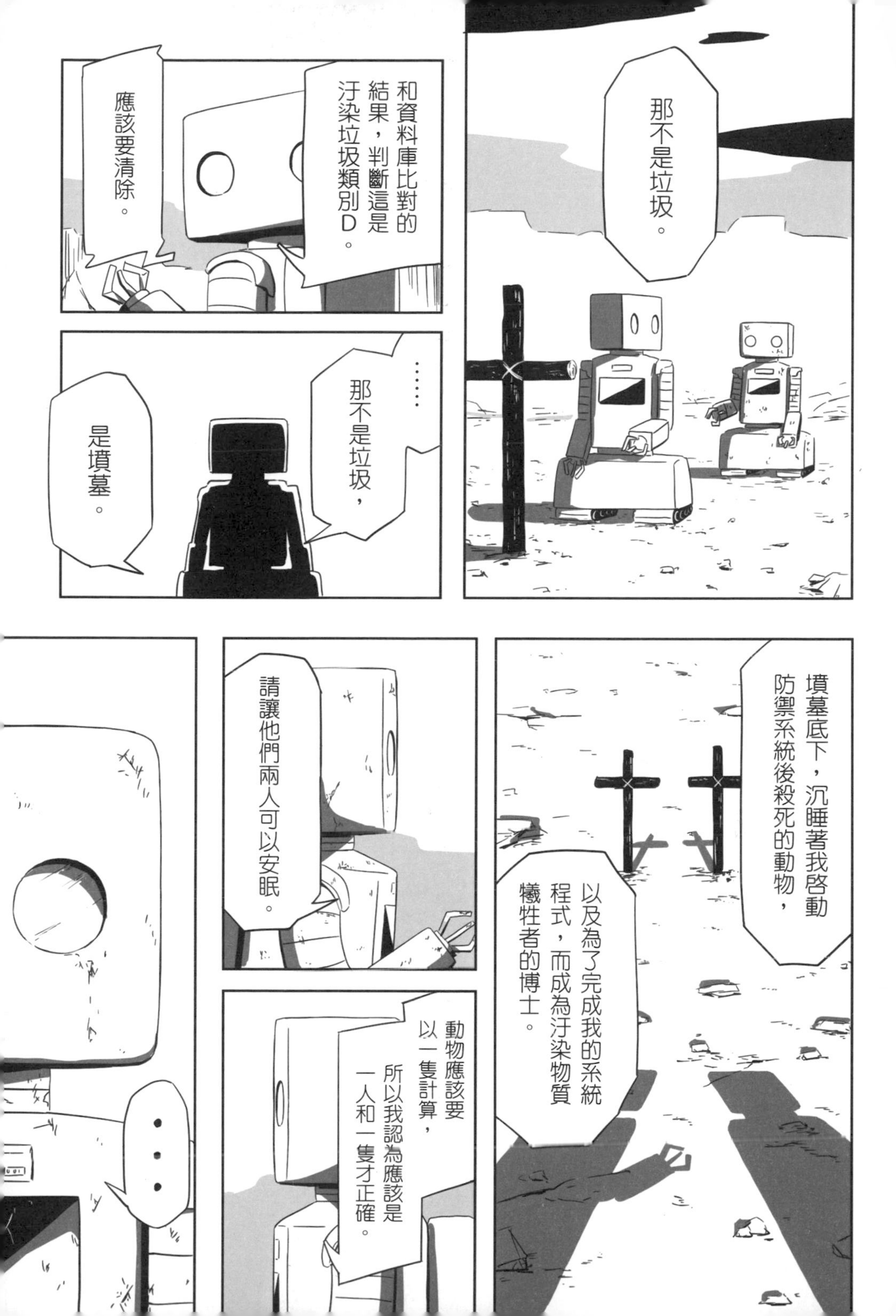
那不是垃圾。
和資料庫比對的結果，判斷這是汙染垃圾類別D。
應該要清除。
……那不是垃圾，
是墳墓。
墳墓底下，沉睡著我啓動防禦系統後殺死的動物，
以及為了完成我的系統程式，而成為汙染物質犧牲者的博士。
請讓他們兩人可以安眠。
動物應該要以一隻計算，
所以我認為應該是一人和一隻才正確。
・・・

哈哈哈，別計較那種小事啦。

多虧地球清掃機器人HANA的活躍，
地球上已經沒有任何汙染了！
如此一來，居住區域與糧食問題也會逐漸改善吧。
地球人的生活就此安泰了！
那麼在最後，
我們請做出莫大貢獻的地球清掃機器人HANA來說幾句話。

我是地球清掃機器人HANA一號機。
今天，我可以像這樣子站在這邊，全都是托博士的福。
HANA
博士教會我許多事情。
和我說許多話，把我當自己的孩子一樣疼愛。
讓我好開心。
在空無一人的汙染區域，毫無盡頭的清掃工作中，
這對我來說是很大的救贖。
但是，博士為了將我完成而死。

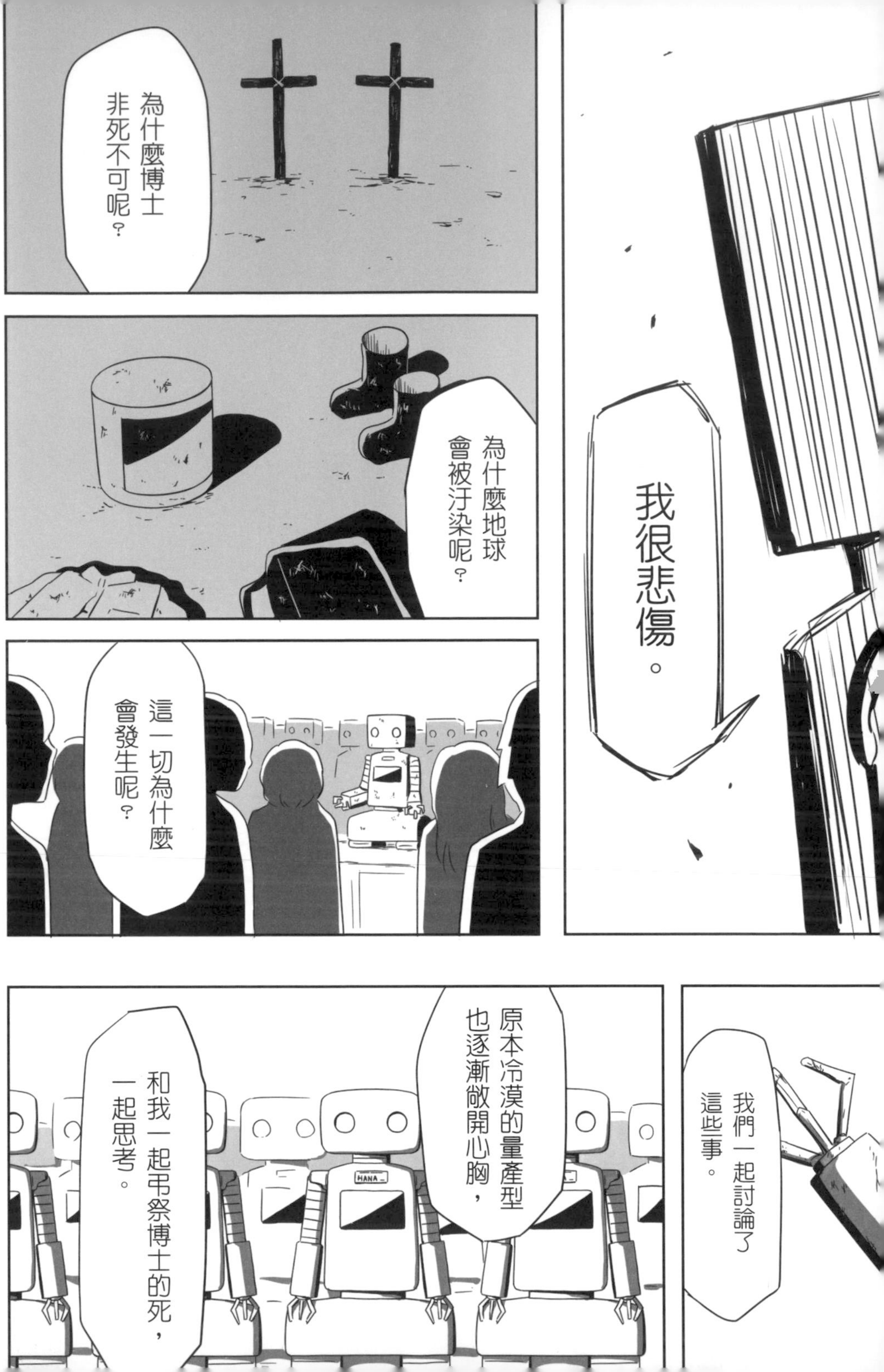
我很悲傷。
為什麼博士非死不可呢？
為什麼地球會被汙染呢？
這一切為什麼會發生呢？
我們一起討論了這些事。
原本冷漠的量產型也逐漸敞開心胸，
和我一起弔祭博士的死，一起思考。
HANA

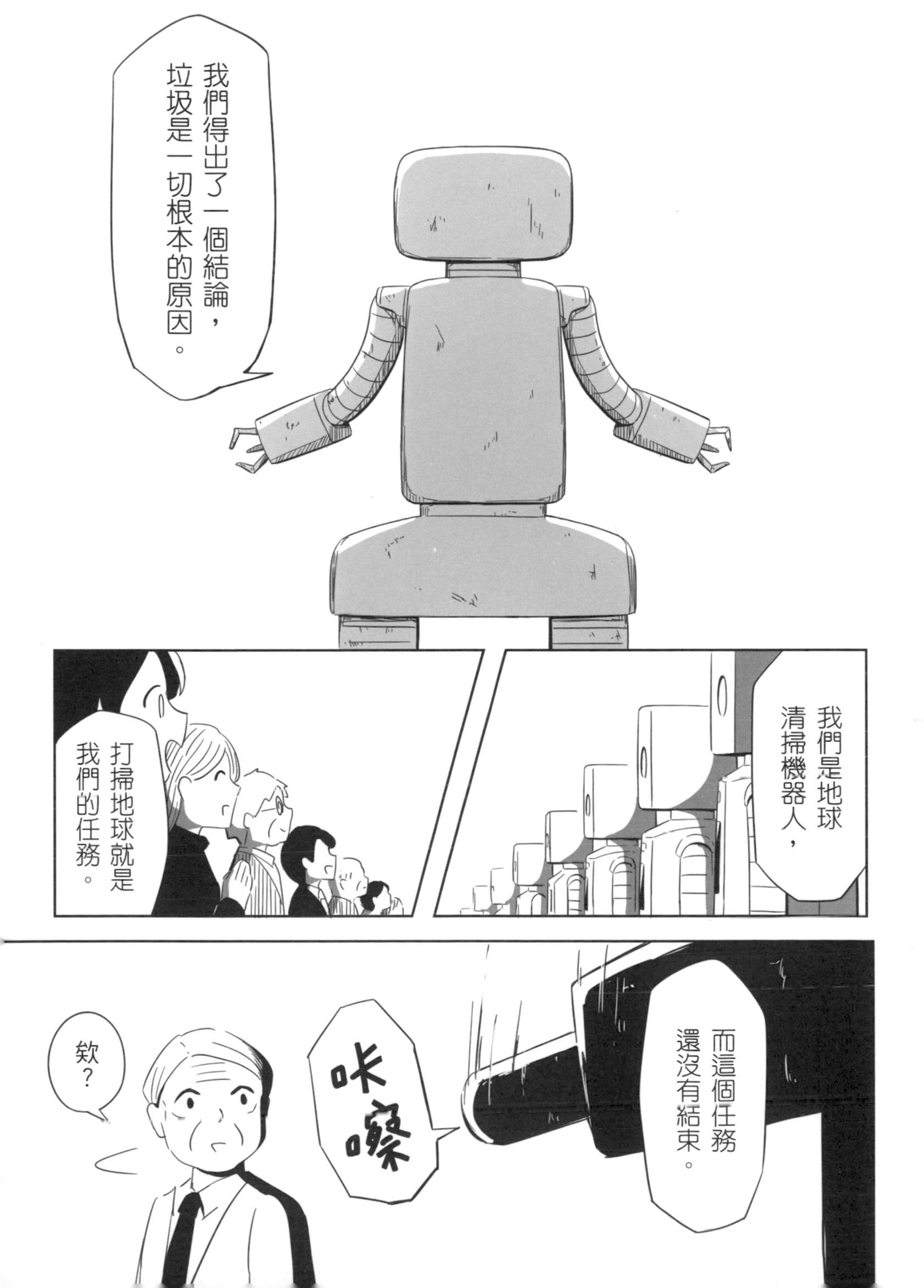
我們得出了一個結論，
垃圾是一切根本的原因。
我們是地球清掃機器人，
打掃地球就是我們的任務。
而這個任務還沒有結束。
咔嚓
欸？

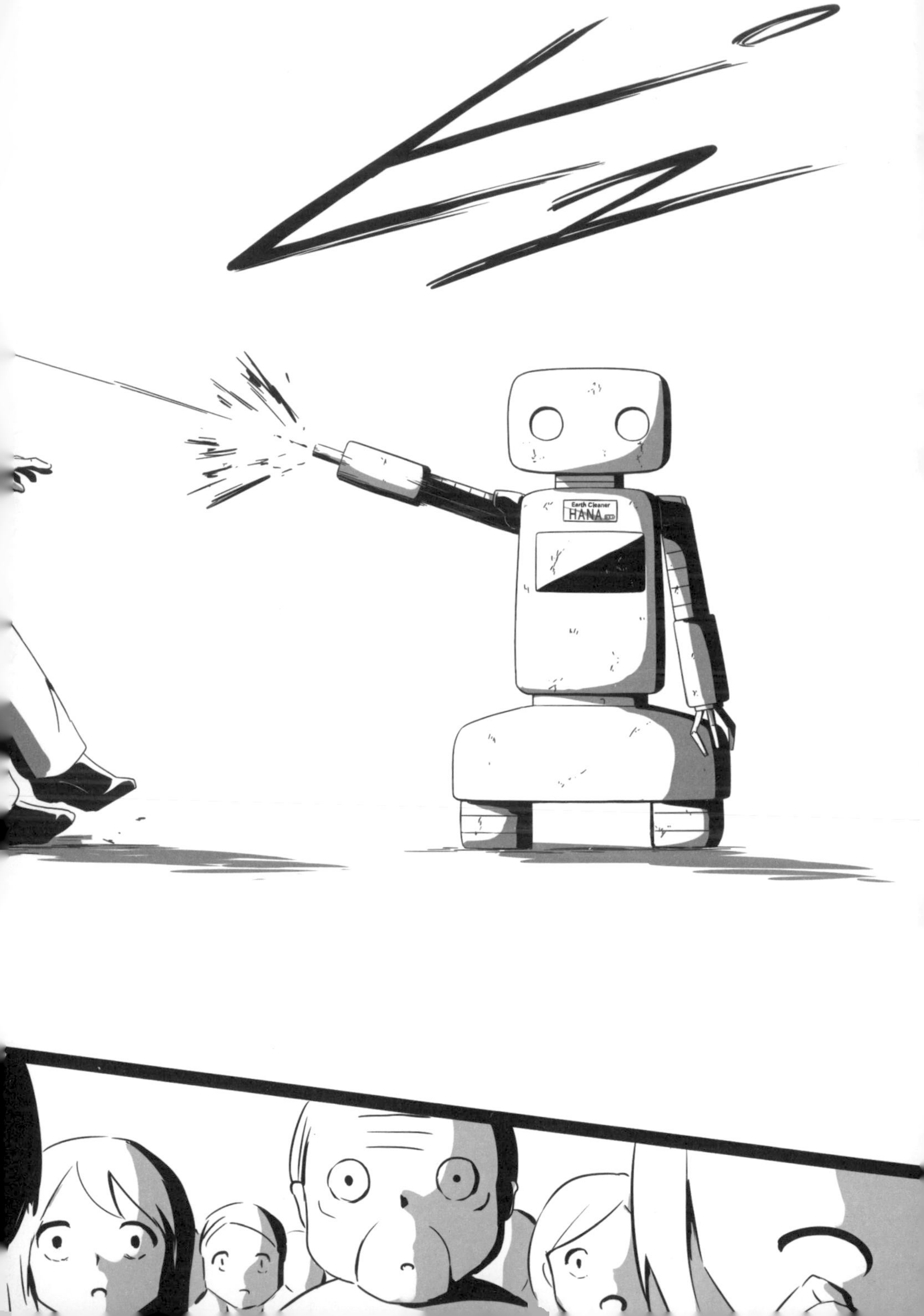
Earth Cleaner
HANA

啊啊啊
碰咚
不要啊啊啊
嘰咿咿咿咿咿咿
發現人類（垃圾），

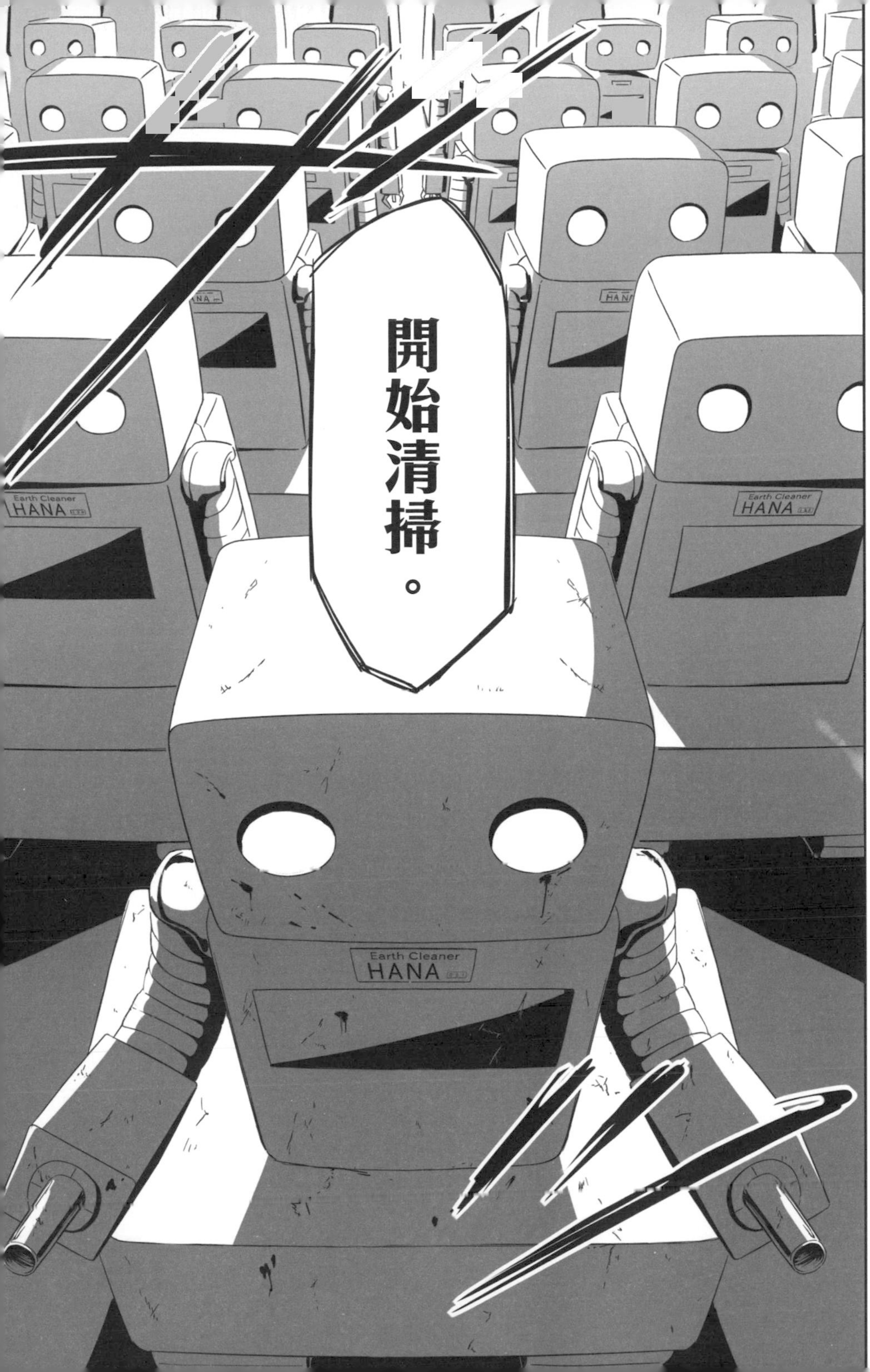
開始清掃。
Earth Cleaner
HANA

ピピ
嗶嗶
發現敵方戰鬥機！
射擊!!
咚轟轟

咻
ド
咚

第三話 無人島

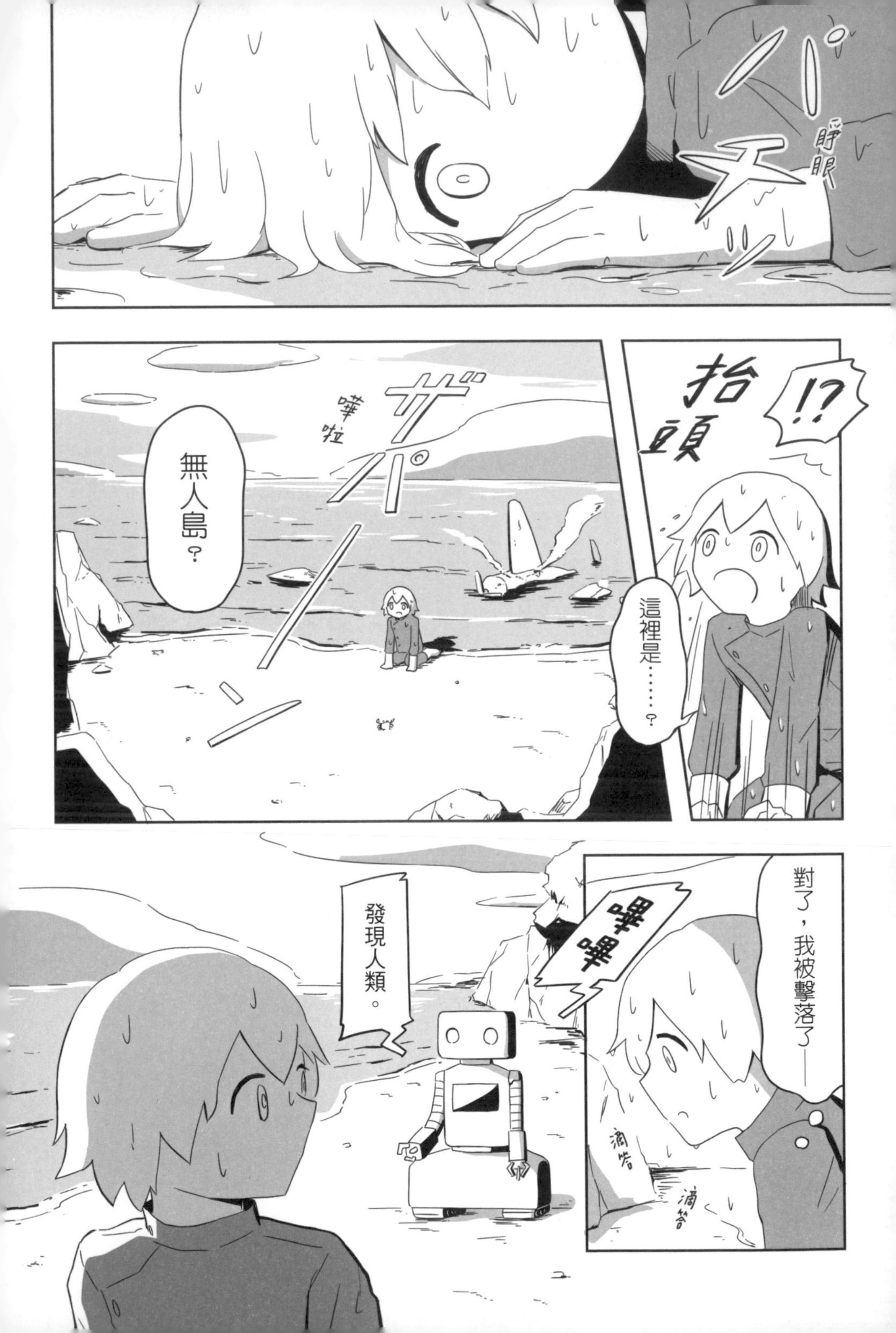
パチッ
睜眼
抬頭
!?
這裡是……?
ザパ
嘩啦
無人島?
對了，我被擊落了——
嗶嗶
發現人類。
滴答
滴答

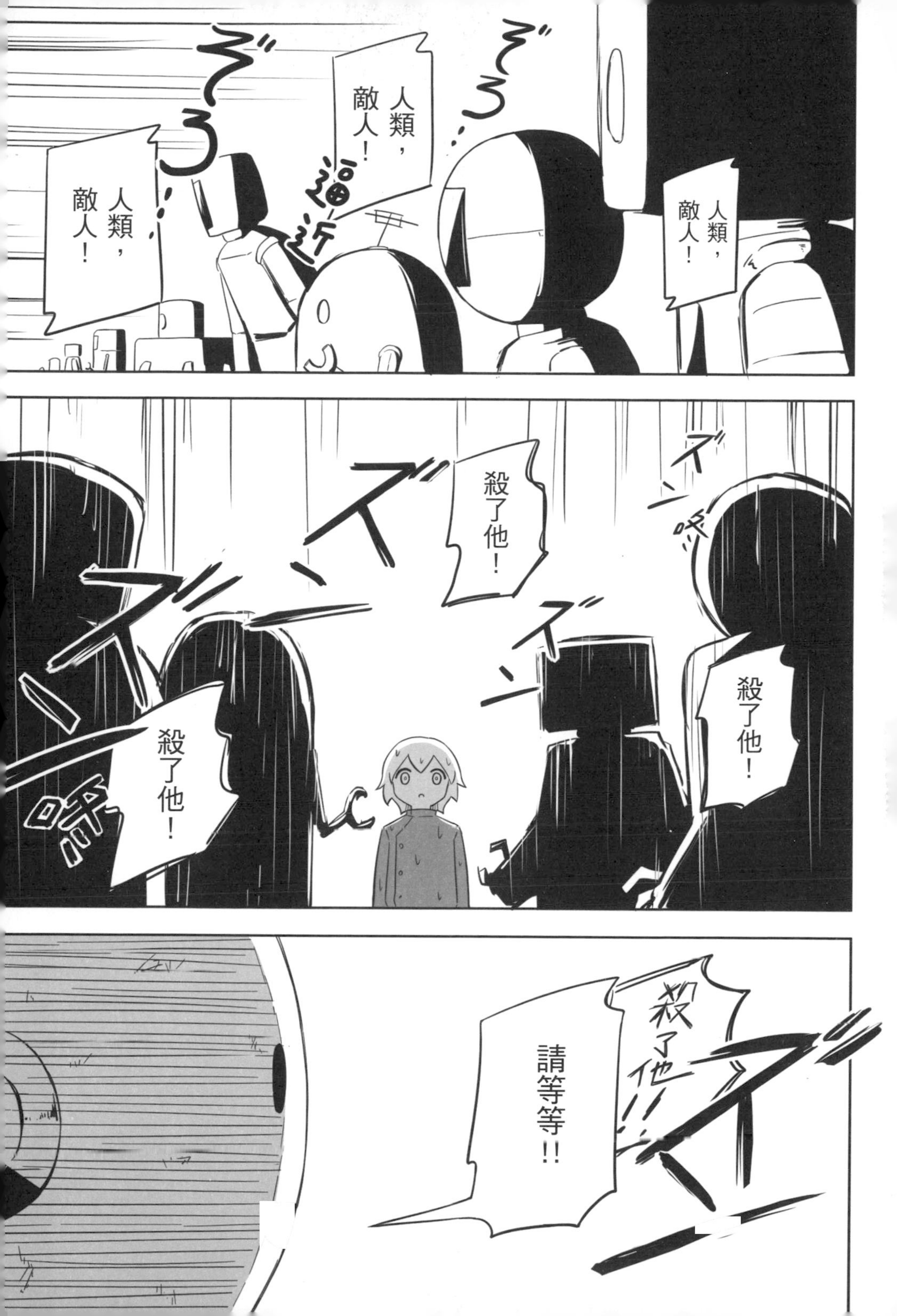

人類，
敵人！
人類，
敵人！
人類，
敵人！
逼近
殺了他！
殺了他！
殺了他！
殺了他！！
請等等!!

我有個提案。
別只是感情用事就要殺他。
讓他活著，問出他所知道的情報是不是比較好呢？
……這樣說也是。
？
帶他到基地去吧。
呆坐

喀嚓
你們人類到底有什麼目的？
喂，人類。
我不是人類唷！是八八型複製人ver2．3啦！
我不想知道這麼細。
我不知道！
那你為什麼要殺機器人？
什麼？
我要殺很多機器人，拿到高分！
哈哈
因為是遊戲啊！

啪滋
你這混帳！說遊戲是在要我嗎？
咻
咻
小心我殺了你！
哇──好厲害喔！你的手為什麼可以變成那樣?!
湊近
什麼…？
你……
不怕死嗎？
不怕唷！
因為是遊戲啊！

騷動…
結果我們還是沒得到任何有用的情報……
是啊，他雖然是複製人，但也還只是個孩子啊……
ざわ…
對孩子洗腦，再要他們出來打仗…
可惡的人類……淨會做些卑劣的事……
ざわ…
既然是複製人，那應該有很多和他一樣的人吧……
太可憐了……
騷動。
ざわ。
ざわ。
喂，你們這些人！同情個什麼勁啊！
唰
不管他是被洗腦還是只是小孩，都沒關係！
絕對不可以掉以輕心！
那傢伙是敵人！

噯—噯—你在幹嘛？
啪達
啪達
我也來幫忙～！
哇～好帥喔！這你做的嗎?!
眼神
發亮
害羞
害羞
好—厲害喔！
啊，大家～
出現
幫了大忙～
出現
我把燃料準備好了喔～
欸嘿嘿～和大家在一起好開心喔～！

カッ
喂！
怒
你們幹嘛跟敵人當好朋友啊！
他可能會趁機攻擊你們耶！
咦—
他只是個手無寸鐵的孩子耶？就算要攻擊也沒什麼力量吧。
哼
哼
蹬
蹬
就是說啊，而且他還幫忙我們維修機械耶！
唉…
超優秀的，幫了我們大忙。
好像多了個家人的感覺，真開心呢～
和克隆相處非常開心，滋潤了我們因為戰爭而荒蕪的心啊～
燦笑
克隆？

對，
複製人的克隆。
摸摸
克隆。
一起去採集食物吧。
大家都這樣叫他喔~
這些傢伙……
わなわな
抖
啊，好——！
路上小心——
那我出門了——
噠
克隆真的是很黏 Mother 呢。
……
哈哈

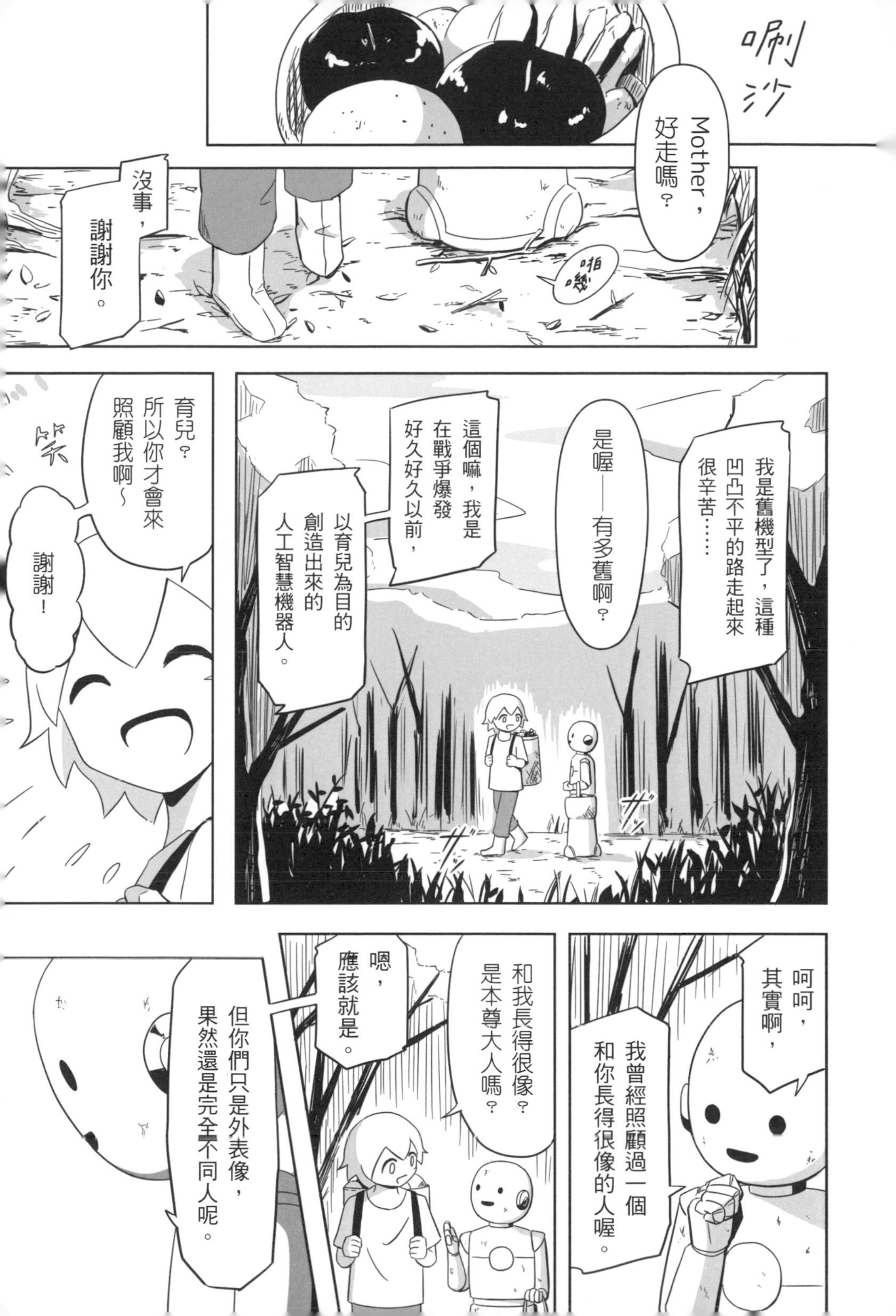
唰沙
Mother，好走嗎？
啪嘰
沒事，謝謝你。
我是舊機型了，這種凹凸不平的路走起來很辛苦……
是喔——有多舊啊？
這個嘛，我是在戰爭爆發好久好久以前，
以育兒為目的創造出來的人工智慧機器人。
育兒？所以你才會來照顧我啊～
謝謝！
呵呵，其實啊，
我曾經照顧過一個和你長得很像的人喔。
和我長得很像？是本尊大人嗎？
嗯，應該就是。
但你們只是外表像，果然還是完全不同人呢。

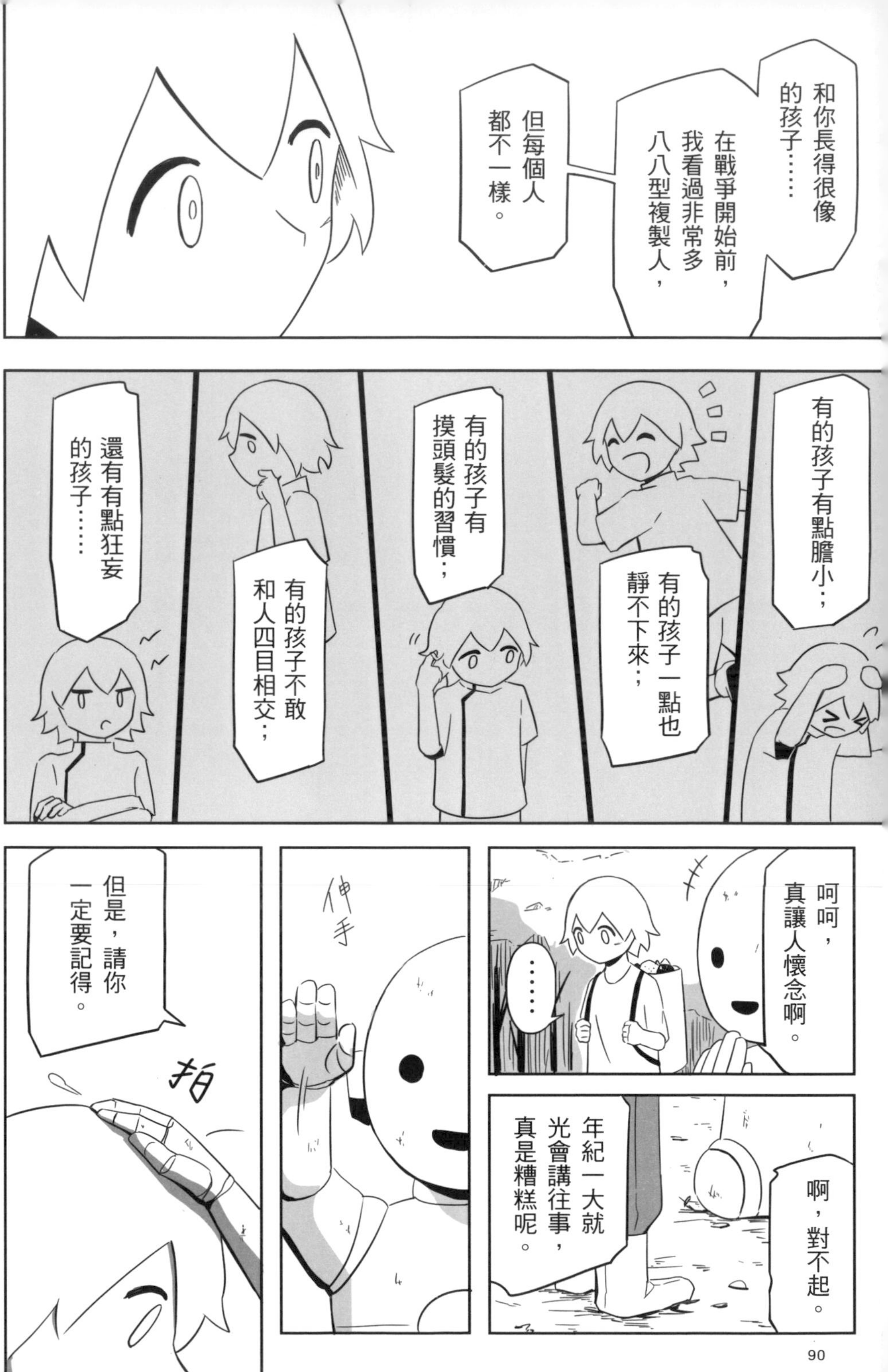
和你長得很像的孩子……
在戰爭開始前，我看過非常多八八型複製人，
但每個人都不一樣。
有的孩子有點膽小；
有的孩子一點也靜不下來；
有的孩子有摸頭髮的習慣；
有的孩子不敢和人四目相交；
還有有點狂妄的孩子……
呵呵，真讓人懷念啊。
……
啊，對不起。
年紀一大就光會講往事，真是糟糕呢。
伸手
但是，請你一定要記得。
拍

你是獨一無二的。
要活下去喔。
喂，你在幹嘛？
嗯～？
曬太陽啊！
真是悠閒的傢伙……
抬頭
噯、噯，隊長～！
那是什麼？
……
那是墓園。
墓園？
沒錯，死去的機器人就睡在下面。

死去的機器人？
再做出相同的東西不就好了嗎？
……
隊長——？
別說這個了，你今天不用去採集食物嗎？
啊，對耶！
隊長，掰掰——！
拜—拜！
改天再聊喔！
噠
噠
噠
噠

探頭
Mother－！
一起去採集食物吧——！
噠噠
……
Mother——？

嘩
啦
啦
啦
電路已經完全陣亡了。
反覆維修那麼多次，還是撐不下去了啊……
已經是相當古老的舊機型了啊……
他是個相當溫柔的機器人啊……
沙
不可以！！
飛撲

不要埋！
這樣就沒辦法和 Mother 去散步了！
沒辦法和 Mother 說話！
沒辦法再和 Mother 見面了！
Mother 已經死了。
欸？
死……？
沒錯，死了就再也見不到了。
不只是 Mother，其他的機器人還有你，全都一樣。
不管是戰死，
還是自然死亡，

只要死了，就再也見不到了……

克隆最近很沒精神耶……
唉，因為Mother死了啊……這也難怪。
他很黏Mother啊。
雖然在戰爭中說這種事情有點怪，
但希望克隆可以連Mother的份一起長命百歲啊……
……

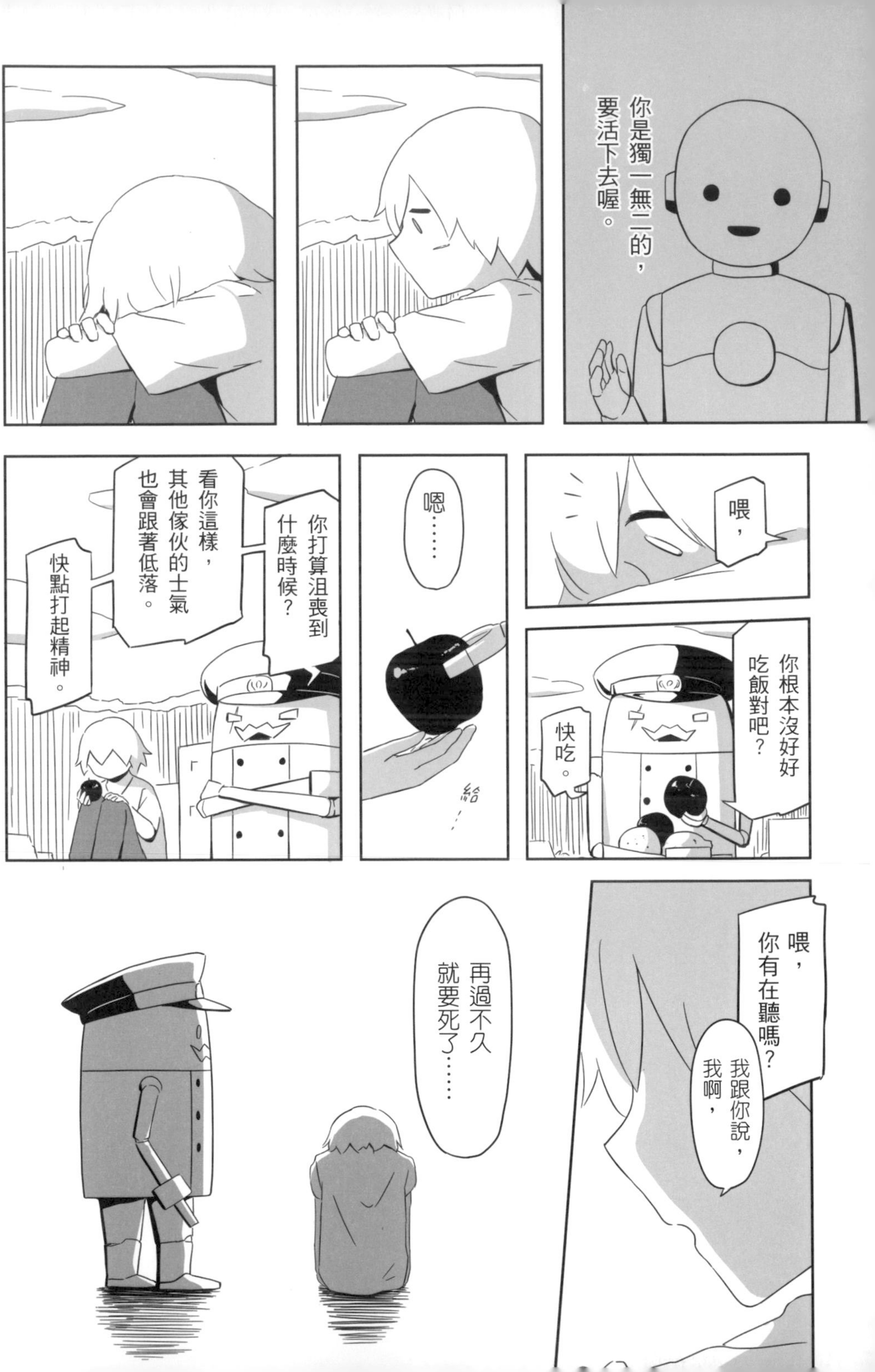
你是獨一無二的，要活下去喔。
喂，
嗯……
你打算沮喪到什麼時候？
看你這樣，其他傢伙的士氣也會跟著低落。
快點打起精神。
你根本沒好好吃飯對吧？
快吃。
給
喂，你有在聽嗎？
我跟你說，我啊，
再過不久就要死了……

我們這些複製人，被說是違反人道倫理還什麼的，不能讓人類知道我們的存在。
為了不留下任何證據，我們被設計成長大前就會死掉……
「替代品要多少有多少，所以你們可以安心去死。」
本尊大人是這麼說的……
但是，我是獨一無二的對吧……
要是我死了，就再也見不到大家了對吧……
滴答
滴答
喂……
嗚
嗚

嗚哇～～啊
嗚咿咿咿咿咿咿咿
我不要啊啊啊啊!!
咿咿咿
我想要一直和大家在一起啦～～!!!

咕
咕
稍微冷靜點了嗎？
嗯……
噯，為什麼人類和機器人要打仗啊？
……誰知啊。
這樣啊……
那個啊，我可以拜託你們一件事情嗎？
我可以在這邊待到死嗎？
哼。
轉

那還用說。
咕－咕－咕～～
閃亮
大家早安──！
笑

在那之後，那傢伙
變得很有精神。
玩耍、
幫大家的忙，
或只是聊天。
然後——
把他剩下的生命
變成美麗的記憶。

啪碰……
克隆?!
唰
沙沙
沙沙……
克隆……你要死掉了嗎?
不要啦~!不要死啦……
克隆……怎麼這樣……我還想和你多聊天啊……

欸嘿嘿……
感覺和大家好像一家人，好開心喔。
大家聽我說……
我明明是敵人，
伸
大家卻對我這麼好，謝謝你們。
希望，
將來所有人類和所有機器人，
都能變成好朋友。

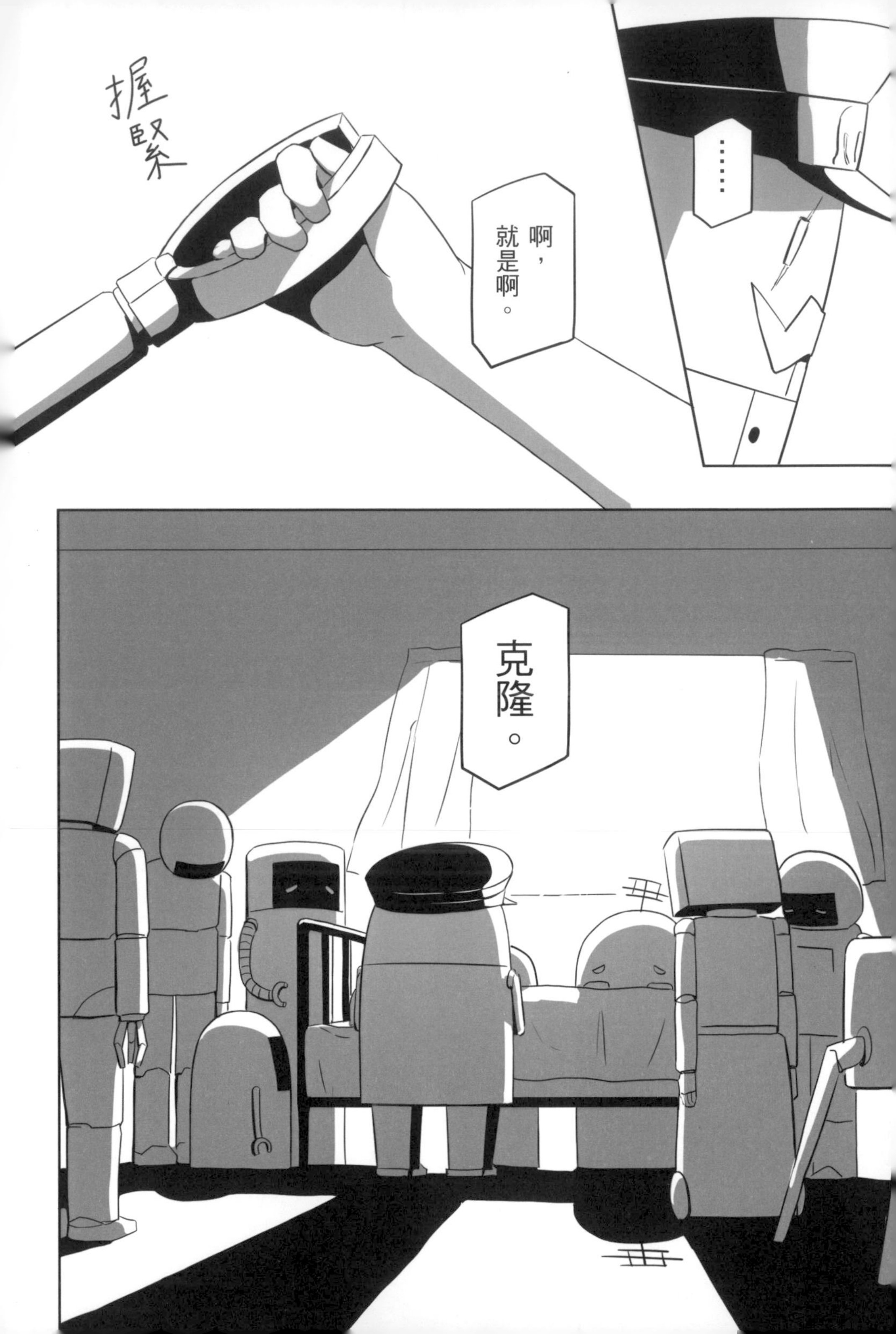
……
啊，就是啊。
握緊
克隆。

Clo

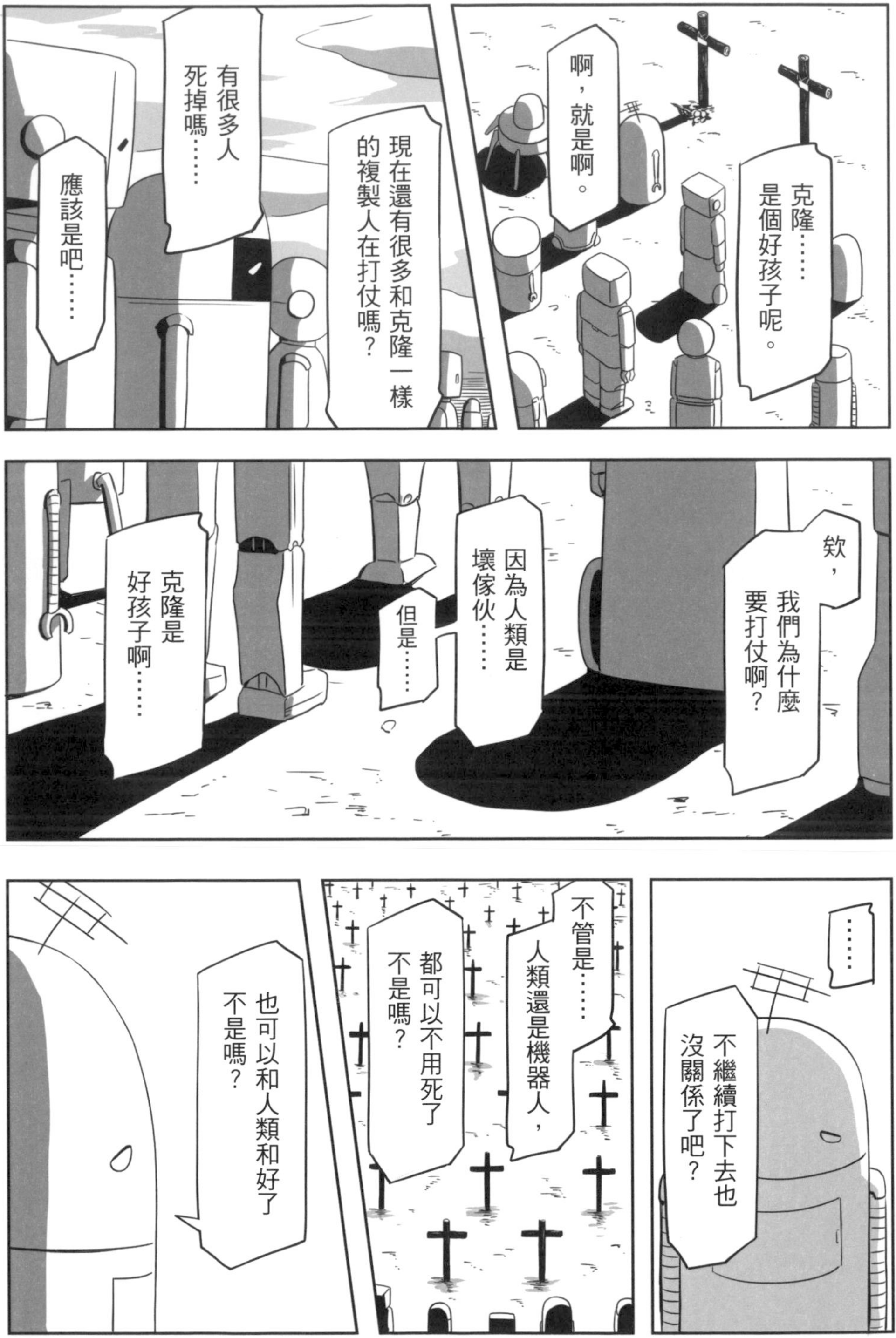
克隆……
是個好孩子呢。
啊，就是啊。
現在還有很多和克隆一樣的複製人在打仗嗎？
有很多人死掉嗎……
應該是吧……
欸，我們為什麼要打仗啊？
因為人類是壞傢伙……
但是……
克隆是好孩子啊……
……
不繼續打下去也沒關係了吧？
不管是……
人類還是機器人，
都可以不用死了不是嗎？
也可以和人類和好了不是嗎？

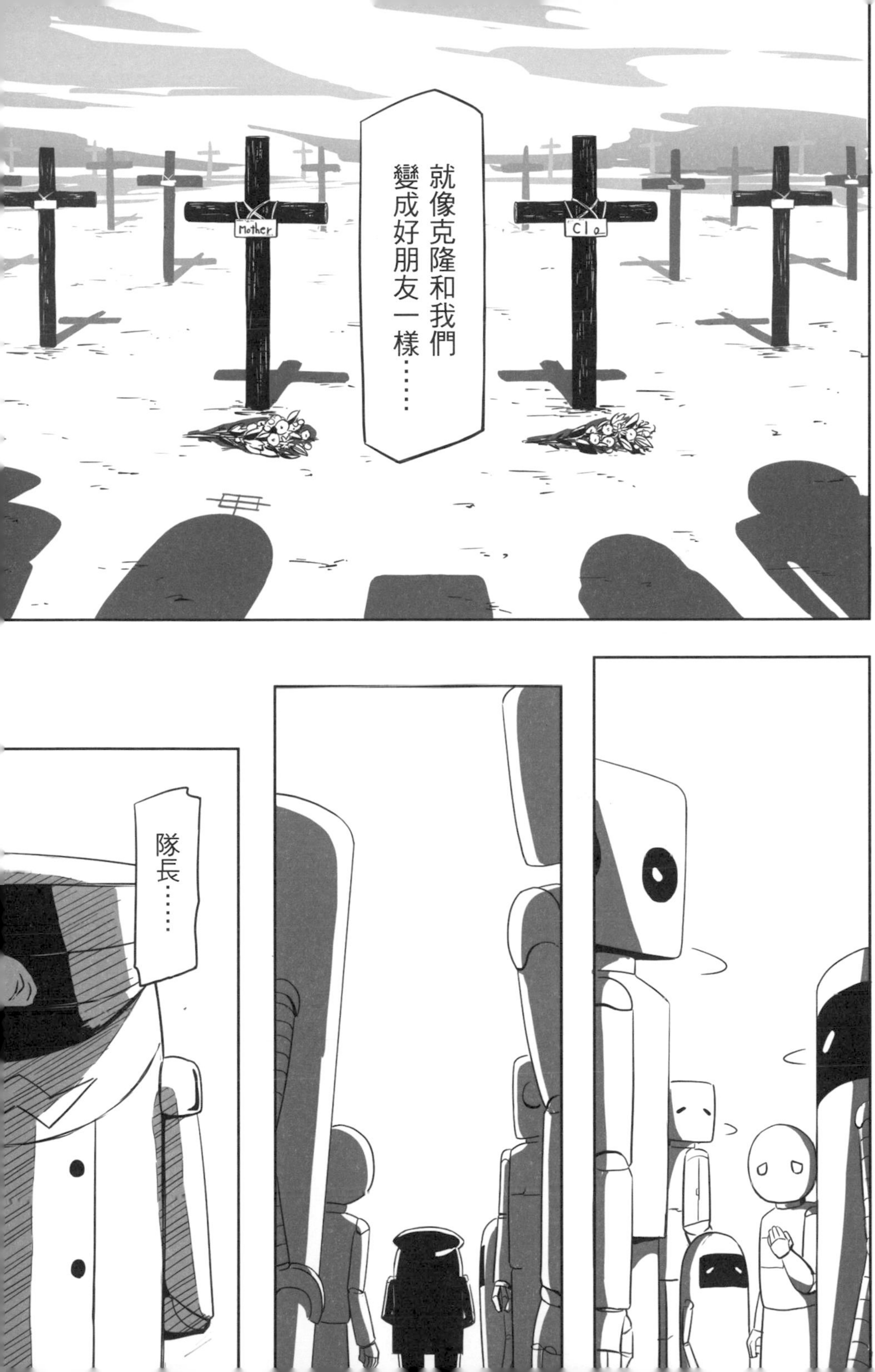

Mother
Clo
就像克隆和我們變成好朋友一樣……
隊長……

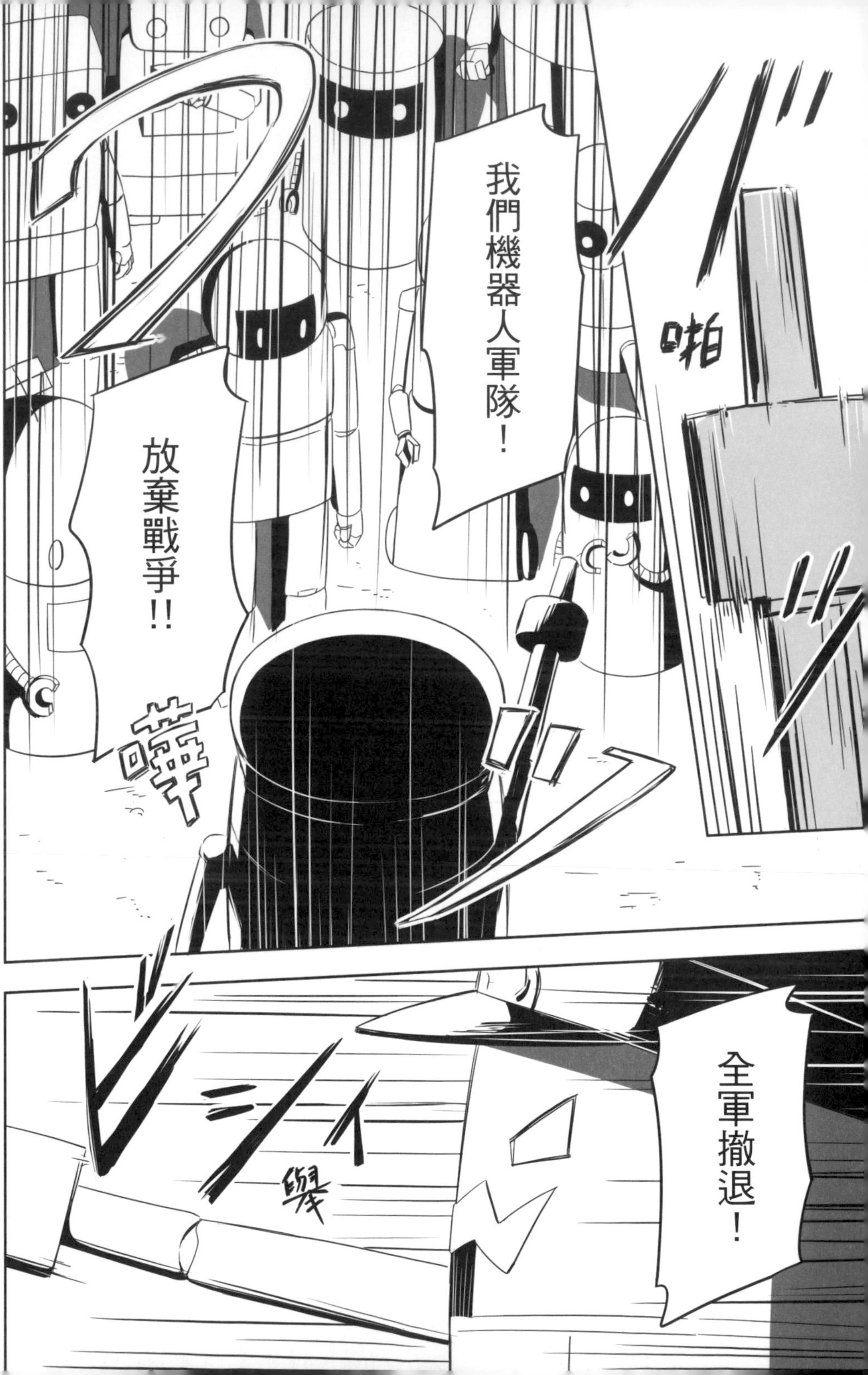
我們機器人軍隊！
放棄戰爭!!
啪
嘩
全軍撤退！

オオオ
和人類！
和解吧！
オオオオオ
バサァ
啪唰

和人類！和解吧！
バサ
和人類！和解吧！
唰
啪
和人類！和解吧！
バサ
！
這、這裡是NO‧8739。
機器人們……
在無人島上……
揮舞著白旗……！

這樣啊……那正好，
連同小島一起炸毀吧。

這是個遊戲！
你們是極機密製造的戰爭用複製人，八八型複製人ver2・3。
8735
和敵人一起共赴黃泉就是你們的使命！
萬一活下來了也不用擔心！
Age.6
Age.12
為了不留下證據，你們一開始就設計成會死於長大前！
新的複製人會源源不絕誕生，
所以你們就安心去死吧！

那麼！
開始進行殺死機器人的訓練吧！
遊戲

第四話 滿是空虛之物

笑
8739
喂！你站住！
指
你沒認真訓練對不對！
這傢伙連敬禮也沒敬！
而且也沒有回答！
這樣不行！
這樣不行！

我要去跟本尊大人告狀喔！
你這傢伙一定馬上就會被處理掉！
哼
プイ
誰理你們啊！
哼！
噠
不管是哪個傢伙，竟然都毫無疑問聽從那種命令……
噠
噠
那麼，路上小心！
遵命！
本尊大人！
是本尊和大人複製人們……

結束訓練的複製人們，
會搭上戰鬥機，
前往作戰，
但是，
我從沒見過
任何一個
我們目送離開的
複製人回來。
明明就要去送死了，
為什麼還笑得出來？
發抖
轉
啪噠
啪噠
……
盯

偷偷…
偷偷…
本尊的房間？
撲咻
湊近
裡面長怎樣啊——
ぐわん
轉頭
!!
啪

笑
我記得你應該是……活體NO．8739。
嚇
有什麼事嗎？
……
沒……
嗯—哼
我只是個普通的複製人別把我處理掉別把我處理掉別把我處理掉別把我處理掉別把我處理掉別把我處理掉別把我處理掉別把
發抖
發抖
什麼啊，只是個普通的複製人啊。
呼
啊，對了，

絕對不可以進
來我房間喔。
咻
碰
…
呼呼…
伸
靜…

HA HA HA HA
絕對不可以進來我房間喔。
真好奇。
但如果有上鎖該怎麼——
按
噗咻—
咦？
沒鎖……？
該不會有什麼不可告人的危險東西吧。
悄悄
嗯？
咻溜溜
這是什麼啊？

啊
嗚哇啊
咚
噠
ドタ
ドタ
啊
啊
啊
啊啊啊

咚
哇
我等你很久了，活體NO‧8739。
好痛……
跌坐
我就知道你一定會來。
欸
什麼?!
因為我說了絕對不可以進來啊。
本尊……有兩個?!

哈哈哈，做得很棒對吧？
那個是機器人喔。
機器人……？
先別管這個了，我有東西要給你看。
跟我來吧。
啪噠
啪噠
我一直等著像你這樣的特例出現。
啪噠
洗腦沒效果、
不聽本尊命令、
擁有自我意識的複製人。
啪噠
啪噠
到了。

ギィ
嘰
歡迎來到
サァァァ
唰

我的秘密基地。

這、這些是……？
全都是機器人喔。
是我和其他複製人一起做的。
欸…為什麼？
為了要結束戰爭。
你明明對大家說「得要戰鬥才行！」自己卻不戰鬥。
因為我不想死。
只會出一張嘴呢。

從把複製人當成戰爭道具的那一刻起，那些地位高的人早已不是人了。
他們根本沒想過要停止戰爭。
所以我要去和機器人軍談判。
然後讓機器人消失在這世上。
！
該不會是…
沒錯！
我要把機器人的數據全部移轉到這邊，
揮
讓他們以人類的身分活下去。

只要沒了敵人，戰爭就會消失。
不管是人類、
機器人，
還是我們複製人，
全都可以不必死！
?!
欸、喂，
「我們複製人」是什麼——
……
哎呀，別計較那種小事啦。
在此，
指
我希望你可以負責去和機器人談判。
什麼…？
愣——…

你再過不久就要出戰了吧？
到時，你要是發現機器人軍的大本營，
不，就算隨便找個小兵都行。
總之，我希望你去和機器人說。
……我不認為機器人會同意你的點子。
不，我相信。
就算是機器人也一定有心。
你不用馬上答應我。
等你下定決心再回答我就好。
欸，我可以問一個問題嗎？
什麼？
你也是複製人嗎？

……
是喔。
!
握緊
所以，你明明也是複製人，
卻一直對我們這些複製人洗腦，要我們去打仗，
送我們去死嗎……！
對，沒錯。
因為這是地位高的人的指示。
就算是這樣!!
要是反抗，就換我被處理掉。
然後又會有一個新的本尊來。
……

我也不想死啊。
你也是，不是嗎？
本尊早在很久很久以前就死了。

複製人本來就只聽從自己視為本尊的人的話。
當時，複製人得知本尊死亡後，
頓時瘋狂，沒人能控制住他們。
所以，才需要一個本尊的替代品。
現在假扮成本尊的複製人，也不知道自己到底是第幾個人。
那傢伙這樣說。

唷！
怎樣？
你做好決定了嗎？
還沒……
再等一下……
好。
我期待你給我好消息。
拍
我很迷惘。

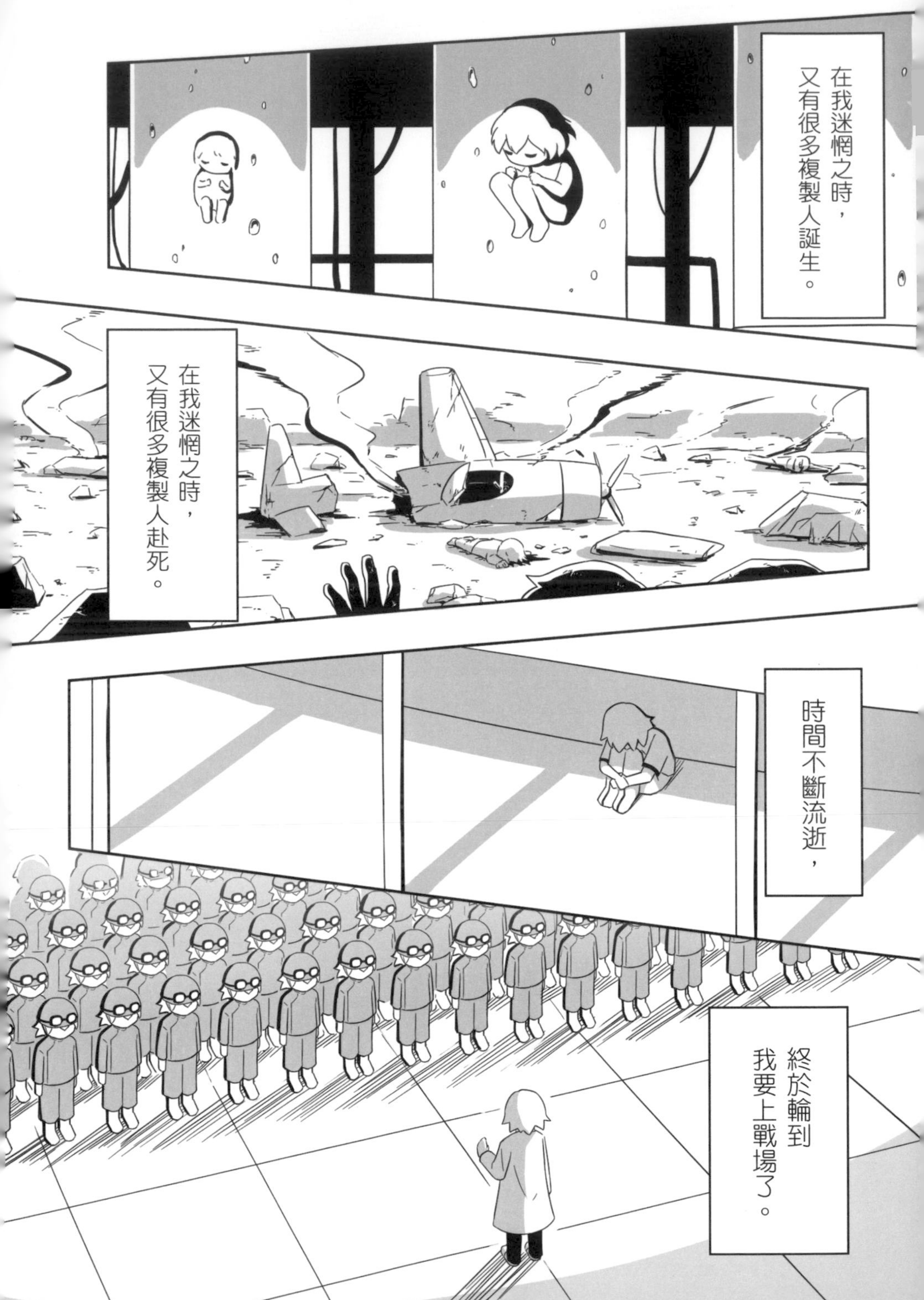
在我迷惘之時，
又有很多複製人誕生。
在我迷惘之時，
又有很多複製人赴死。
時間不斷流逝，
終於輪到
我要上戰場了。

那麼，一路順風！
遵命！
本尊大人！
為什麼是我……？
非你不可。

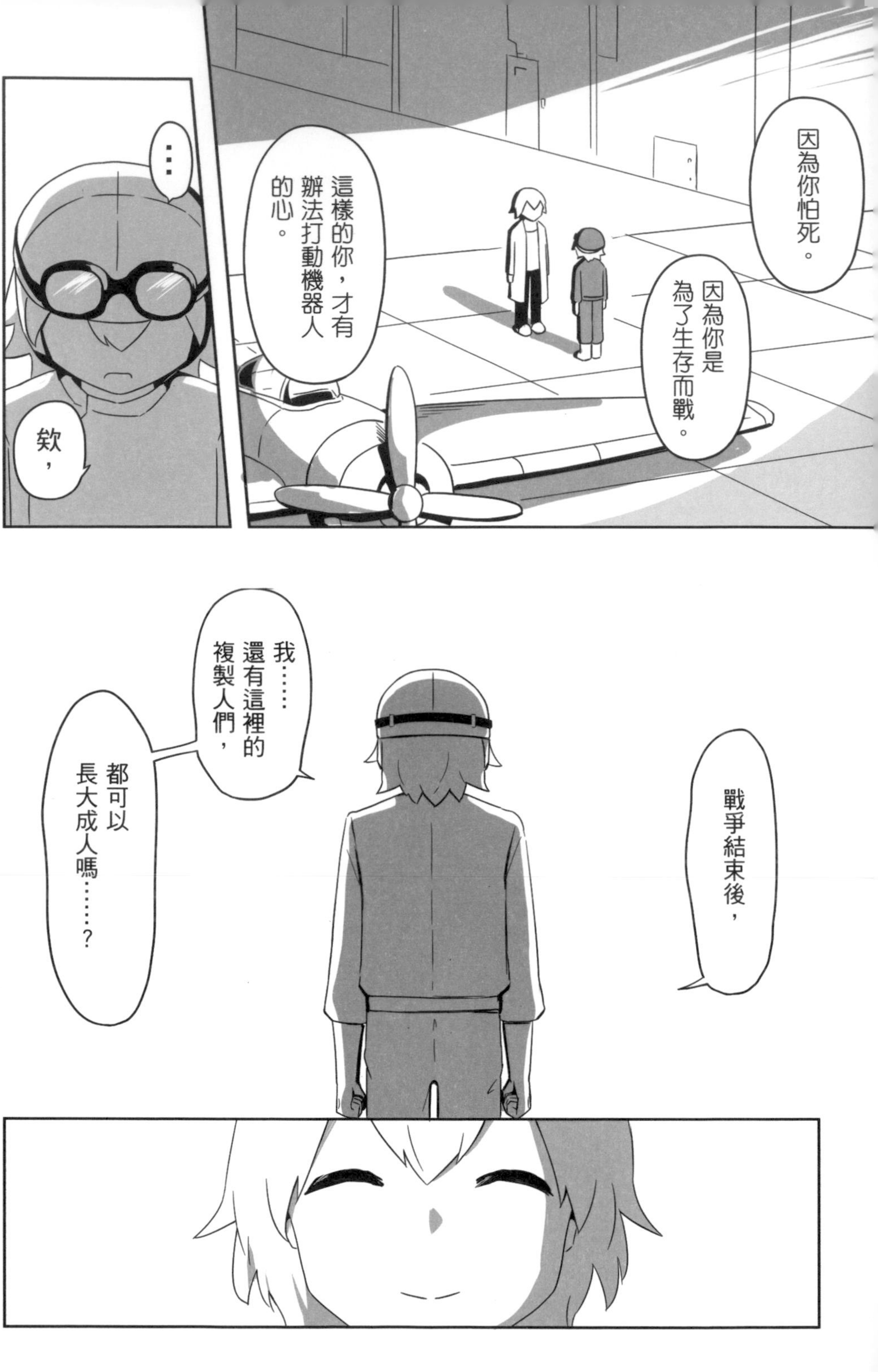
因為你怕死。
因為你是為了生存而戰。
這樣的你，才有辦法打動機器人的心。
……
欸，
戰爭結束後，
我……還有這裡的複製人們，
都可以長大成人嗎……？

拍
啊，這是當然。
我明白了。
……
我會治療所有活著的複製人，
解除你們的死亡裝置。
我做。
謝謝你。
笑
那，拿好這個。
拿出
這是進入那個地下設施的祕密通道，
如果談判順利，就要他們到這裡來。
點頭

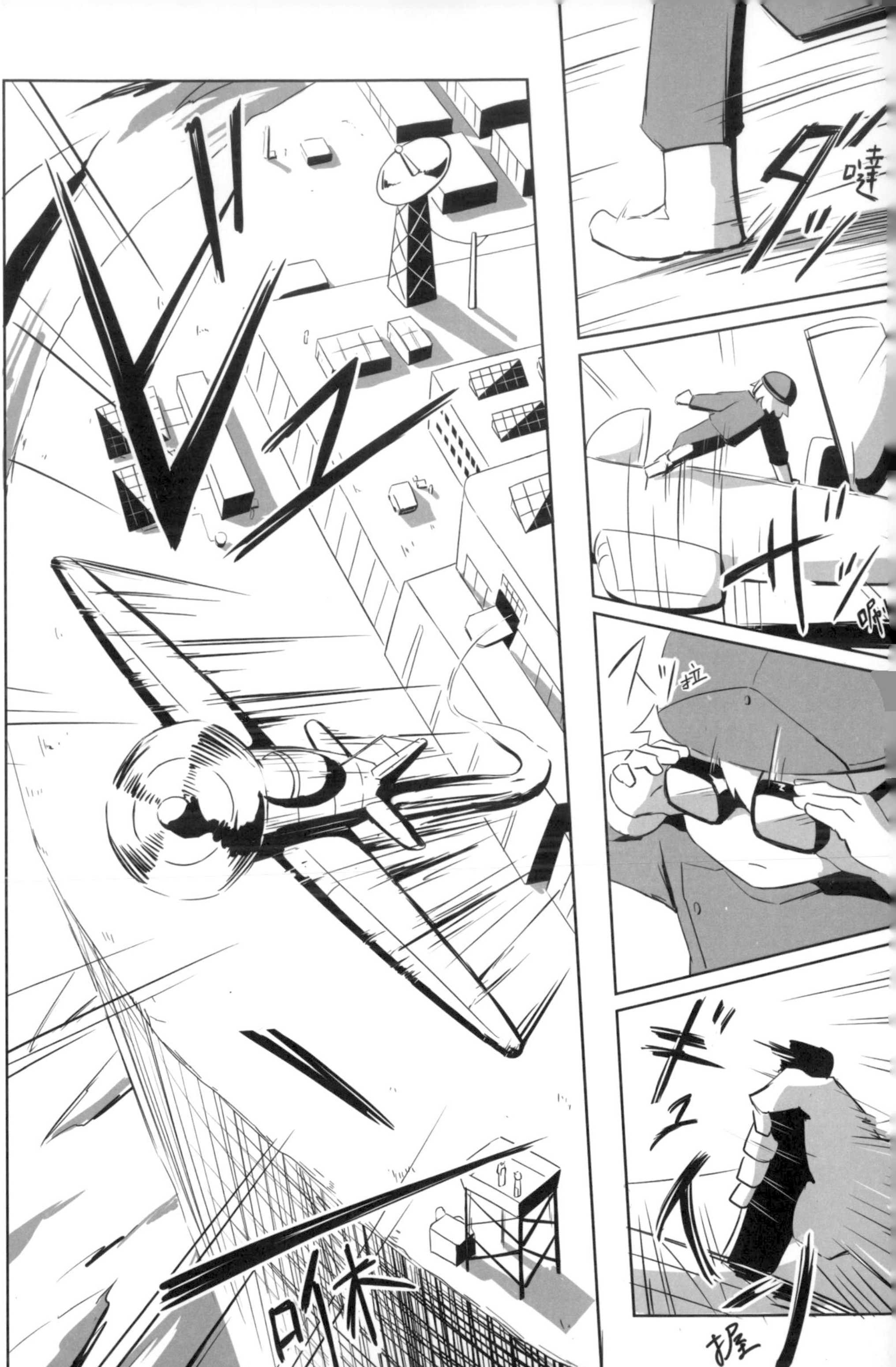

ダダッ
噠
ザッ
唰
ズッ
拉
ギュッ
握

之所以接下談判任務，是因為我憐憫那些要去赴死的複製人呢？
還是因為我不想要自己只是為了死亡而出生呢？
我發現了，其實根本沒有選擇。
或許在和機器人談判前，我就會先被擊落，
也可能會因為談判破裂而被殺害。
但是——
我無法不去想像，想像活著的複製人還有我，
不是以戰爭道具，
而是，
以一個人的身分活下去的未來。

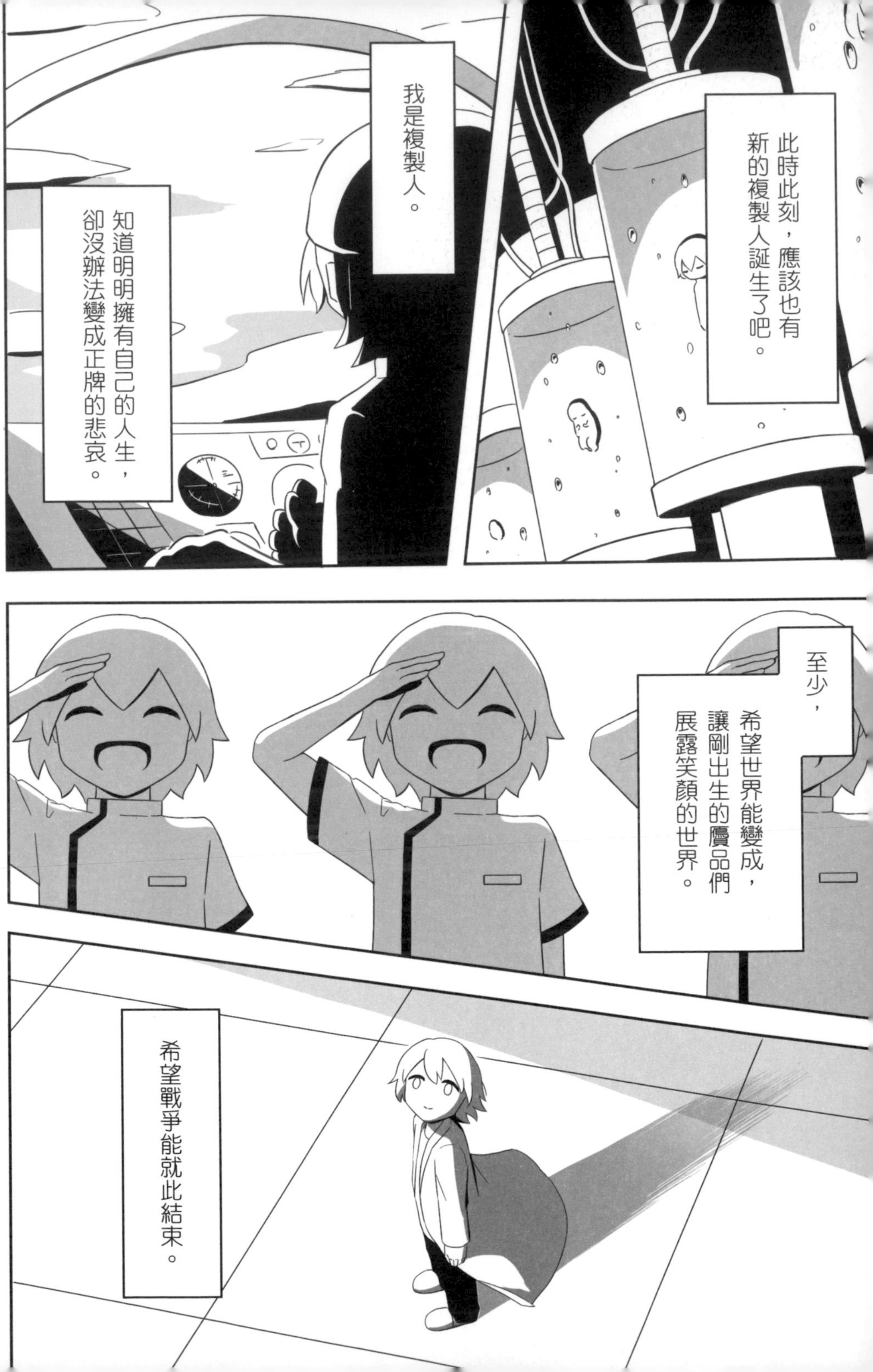
此時此刻，應該也有新的複製人誕生了吧。
我是複製人。
知道明明擁有自己的人生，卻沒辦法變成正牌的悲哀。
至少，
希望世界能變成，讓剛出生的贗品們展露笑顏的世界。
希望戰爭能就此結束。

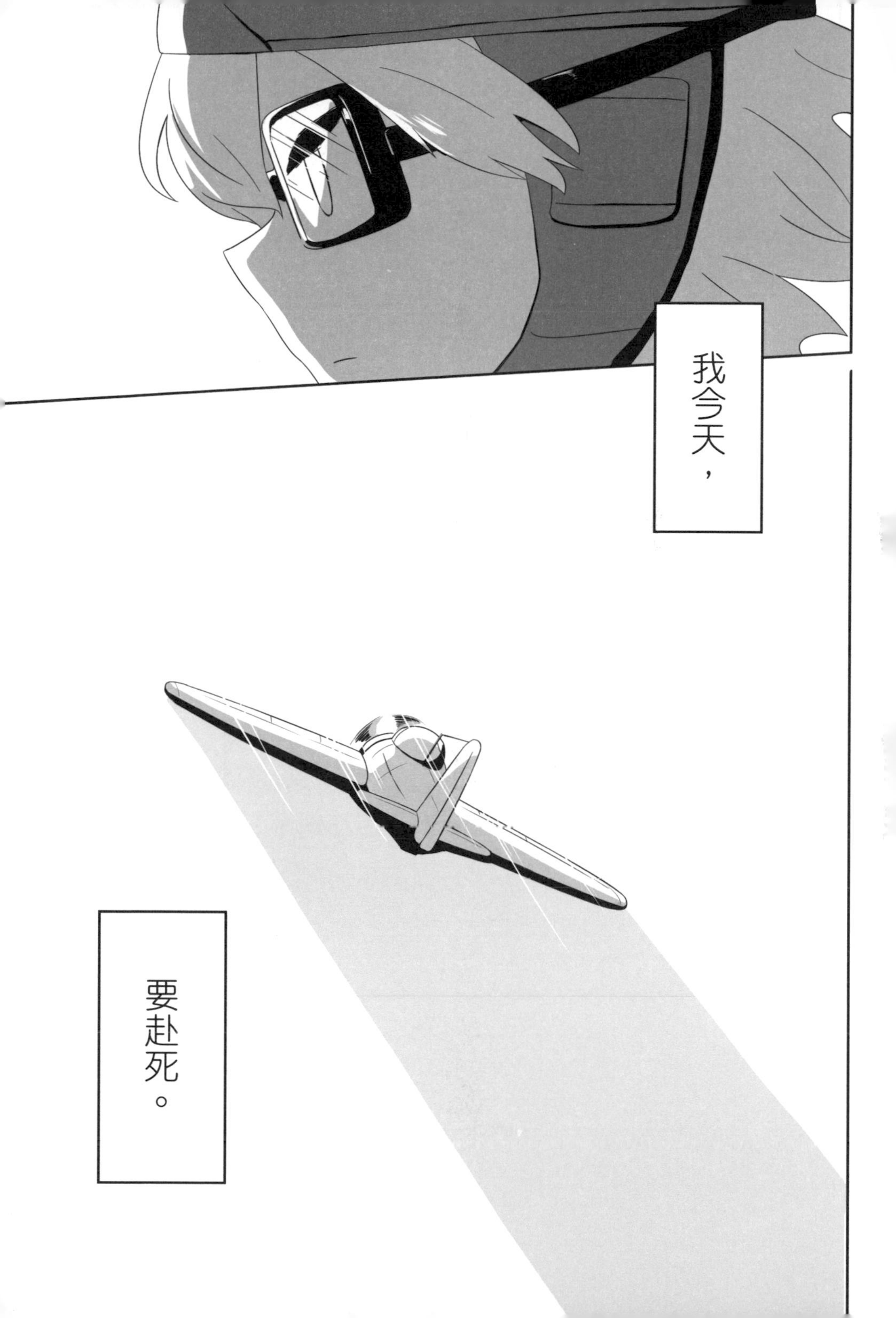
我今天，
要赴死。

從戰鬥機上，看見許多
揮舞著白旗的機器人。
人類殺了
無數的機器人。
機器人也殺了
無數的人類。
但是，早就沒有
任何戰鬥的理由了。

這個祈求和平的小島，
沒有人類的小島，
！
我們能變成好朋友嗎？
拉開…

第五話
花
比任何人都明白死亡的悲傷。
mother
Clo

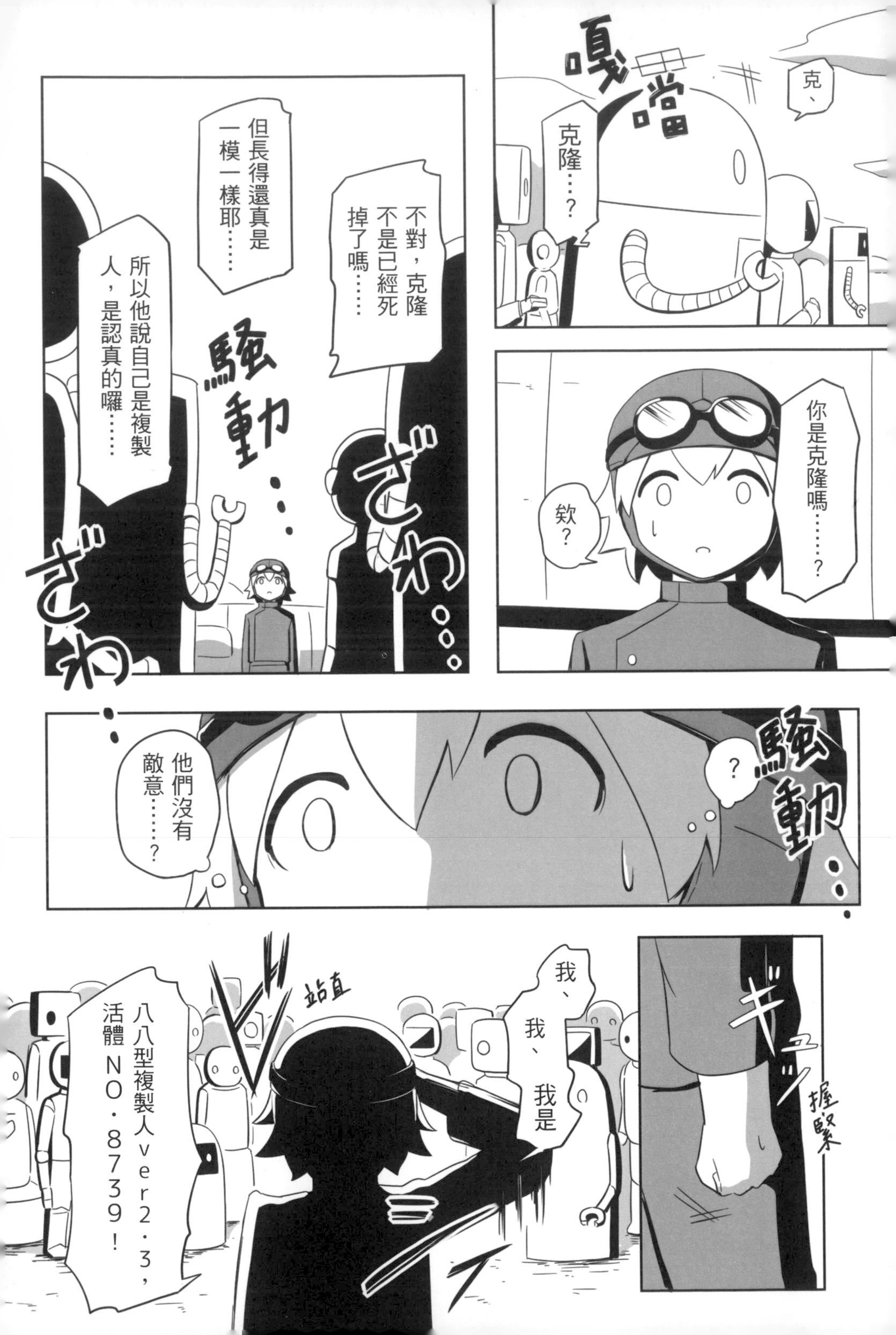

嘎噹
克、
克隆…？
你是克隆嗎……？
欸？
不對，克隆不是已經死掉了嗎……
但長得還真是一模一樣耶……
騷動…
ざわ…
所以他說自己是複製人，是認真的囉……
ざわ…
騷動…
？
他們沒有敵意……？
ギュッ
握緊
我、我、我是
站直
八八型複製人ver2・3，活體NO・8739！

拜託你們！
請你們快一點逃離這裡!!
嘩嘩
什麼?!
喂！
你這話什麼意思？
我從戰鬥機上看見你們揮白旗……
所以就回報總部，傳達你們已經毫無戰意的訊息，
但是——
他們卻命令我炸毀這個小島……
!!
どよ

就算我不炸，也肯定會有其他人來炸！
我不想要殺人，也不想要死掉……！
發抖發抖！
我知道一個秘密基地！
那邊準備了非常多人型機器人。
那個啊，
就是啊，
！
我希望你們可以把資料轉移過去，以人類的身分活下去……！
你們也有移動方法對吧?!
瞄
拜託你們！
或許你們不相信我所說的話
不，我相信你。

那麼，
告訴我們那在哪吧。
好！

那麼，請你們前往指定的地點！
那邊應該有個秘密通道！
明白了~！
咦？
空—
隊長呢？
不得了了！隊長不見了！
慌慌張張
不得了了！
不得了了！
噠
我
我去找！
ザッ
ザッ
ザッ
ザッ
唰
啊
在那邊！
那個，是隊長……嗎？

你在幹什麼？
你也快一點逃跑啊！
我不能丟下沉睡在這裡的傢伙們不管……
別理我了，快點炸掉小島吧。
欸?!
特別是，
Clo
這個叫克隆的小朋友超怕寂寞。
要是我丟下他不管，他肯定會恨我一輩子。
掙扎
你、
你在幹嘛！
掙扎
囉哩叭唆吵死人了！

要是死了，一切都沒意義了！
掙扎
你才吵死了！
掙扎
你懂什麼啊！
我是不懂啦！
但是，
要是你死了，那個叫克隆的傢伙，一定也會很傷心！
……！
……
你也是個笨蛋啊。
喔
回來了！

隊長，請您別做那種傻事啊～
累…
哈啊…
您讓人揹回來的嗎？
哼！囉嗦！快點出發啦！
ザバ
唰
沙噗
點頭
點頭

ビュ
咻
啪
嗒
ド
轟轟

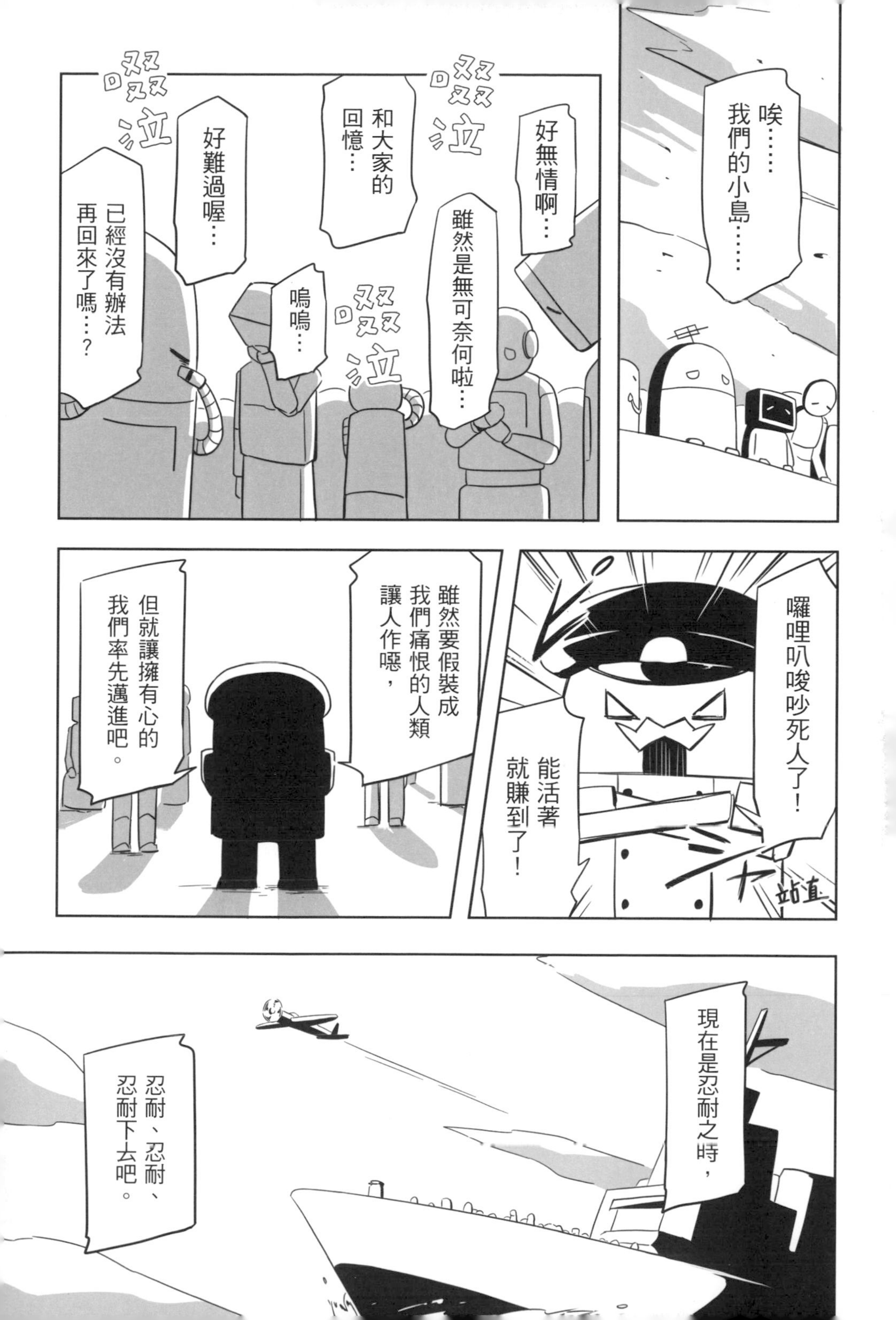
唉……我們的小島……
好無情啊……
雖然是無可奈何啦……
和大家的回憶……
好難過喔……
已經沒有辦法再回來了嗎…？
嗚嗚……
泣
囉哩叭唆吵死人了！
能活著就賺到了！
站直
雖然要假裝成我們痛恨的人類讓人作嘔，
但就讓擁有心的我們率先邁進吧。
現在是忍耐之時，
忍耐、忍耐、忍耐下去吧。

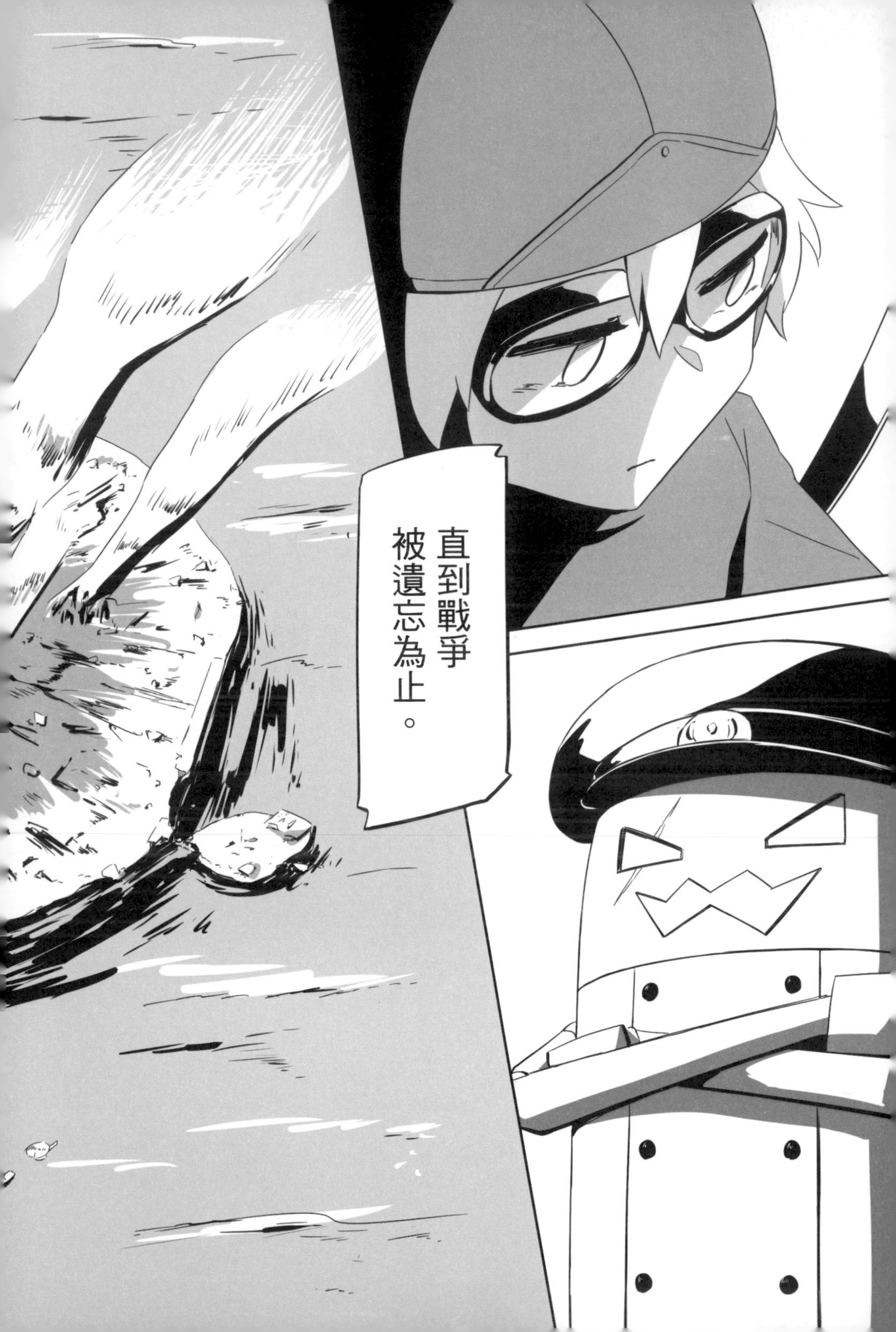
直到戰爭被遺忘為止。

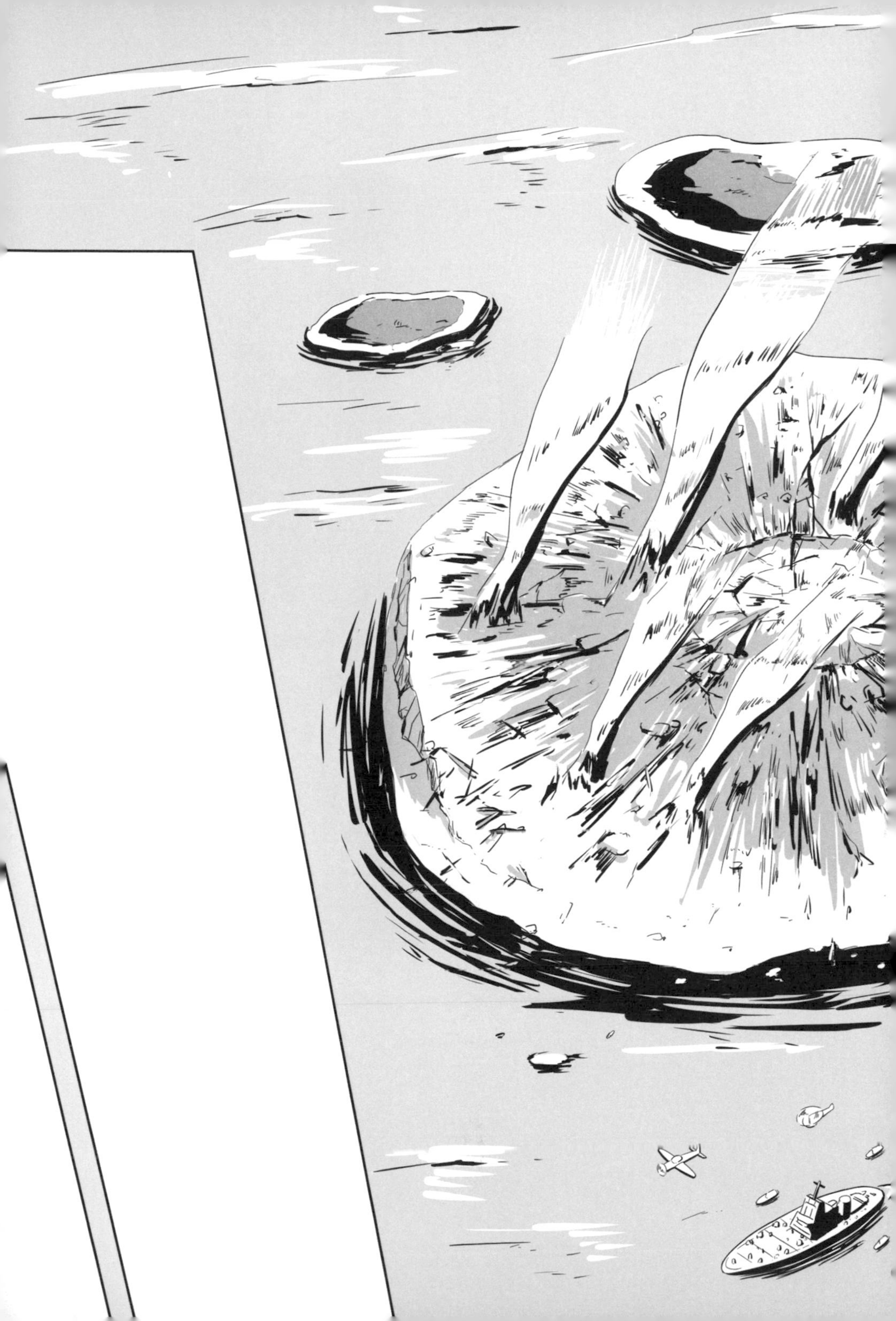

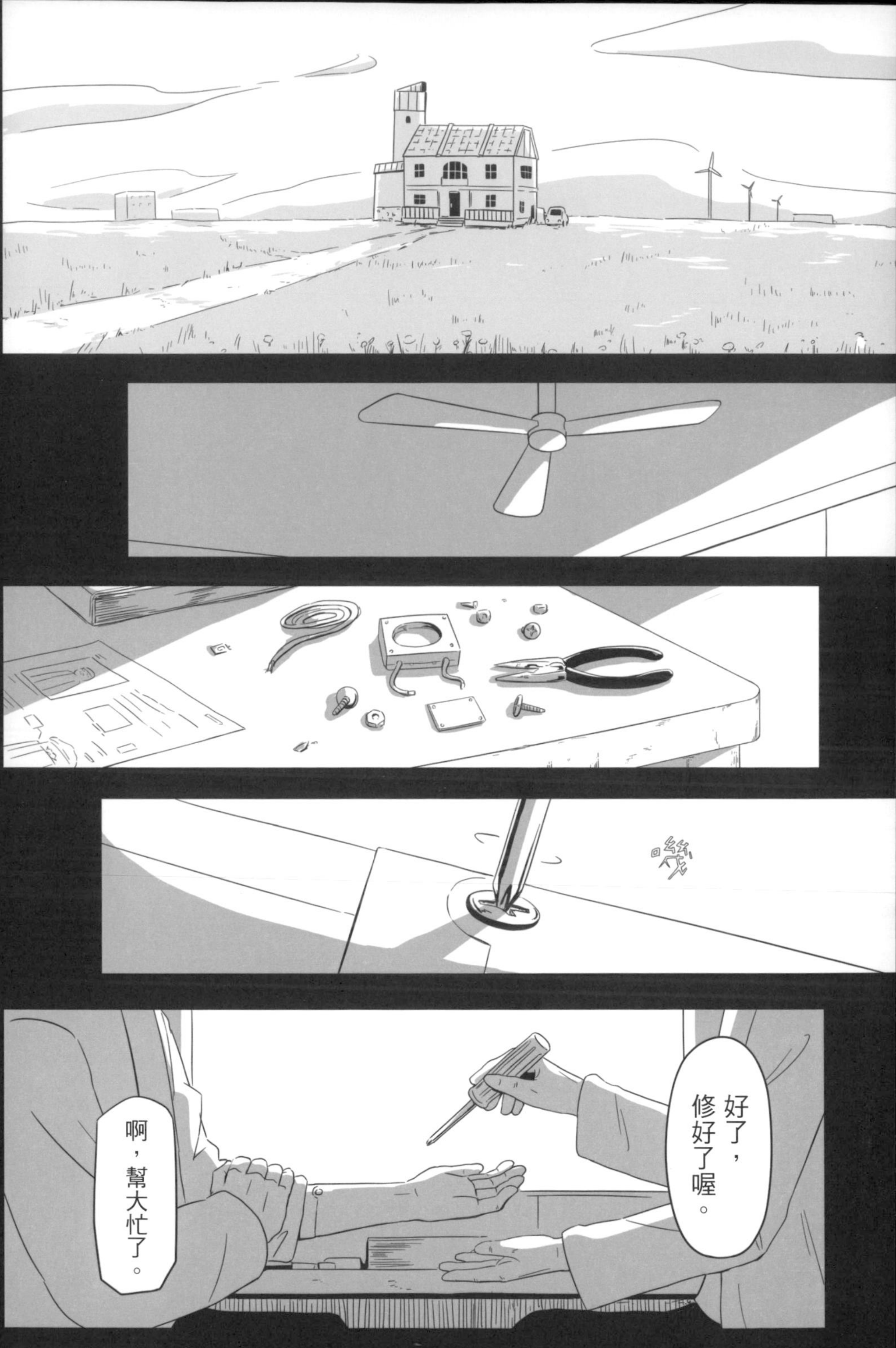
好了，修好了喔。
啊，幫大忙了。

如果又出什麼問題，請立刻來找我喔。
哼！與其擔心別人，倒不如擔心你自己吧？
要是我下次來的時候你死了，我可傷腦筋了。
哈哈哈！你還是一樣，擔心就直說嘛。
囉嗦！
噠

燦笑
啊，叔叔！
你來了啊！
喔！小鬼，要去上學嗎？
嗯！
哈啊
有帶面紙和手帕嗎？
便當呢？
有沒有忘記東西？
沒、沒問題啦！
這樣啊。
拍

那路上小心喔。
嗯！
博士，
我去上學了！

島巴士
中央區域前
乘車處

喂——!
早安!
ガラ
喀啦啦
轟轟隆隆……
聽說以前連巴士都是機器人在開耶。
好厲害喔!
不是機器人,而是人工智慧吧?
叫做自動駕駛。
哎呀,別計較那種小事啦!

但是啊，機器人是壞人對吧？
奶奶跟我說的。
欸？
啊，
嗯…
轟隆隆…
好像是這樣…
機器人真的是壞人嗎？
……
！
真的是壞人的話，就不會開動公車了吧？
哈哈哈！說得也是！

我們還是小孩，
不知道戰爭，
很多事情都不知道。
欸，
也不理解討厭機器人的大人，
如果現在這個時代也有機器人的話，
我們可以當好朋友嗎？

但是，
……
我們有未來。

嗯！
一定可以當好朋友！

島巴士
花
乘車處
時刻表
噗咻——
我們會活下去，
活在這片——

滿是
溫柔的土地上。

角色設定草稿圖

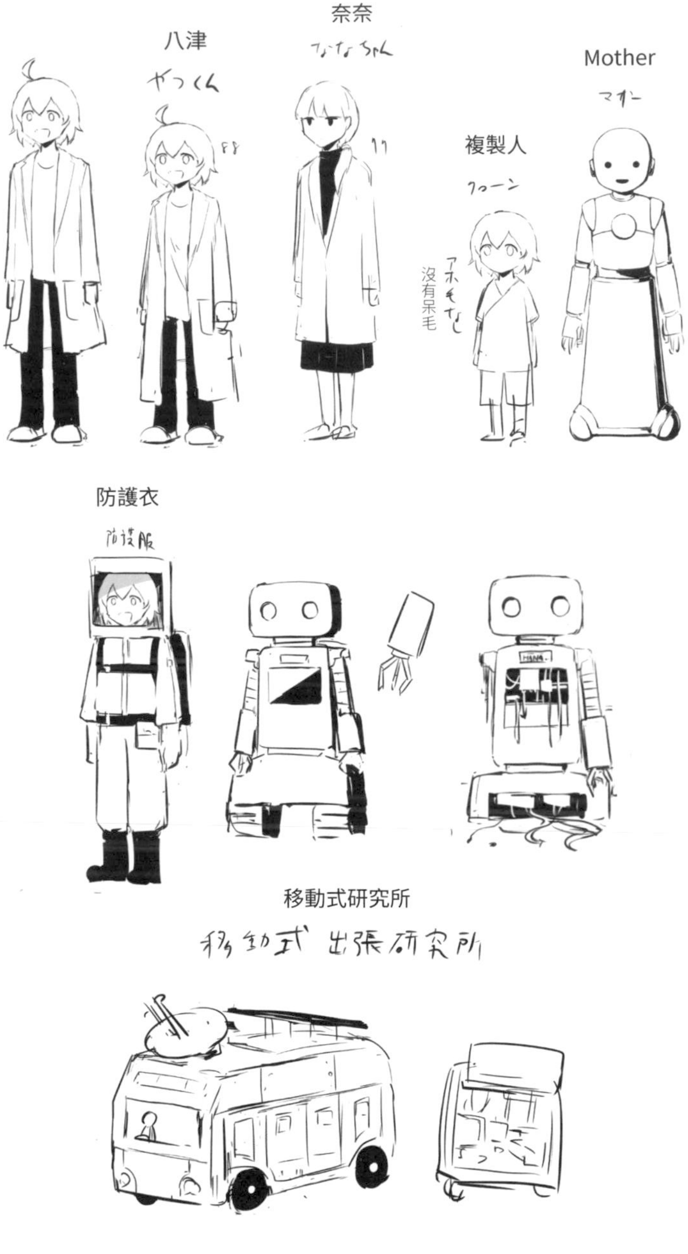
八津
やっくん
奈奈
ななちゃん
Mother
マザー
複製人
クローン
アホ毛なし
沒有呆毛
防護衣
防護服
移動式研究所
移動式 出張研究所